KB148553

문학의 공명

문학의 공명

초판인쇄일 | 2011년 7월 11일
초판발행일 | 2011년 7월 15일

지은이 | 정재림
펴낸곳 | 도서출판 황금알
펴낸이 | 金永馥
주 간 | 김영탁
편집실장 | 조경숙
표지디자인 | 칼라박스
주 소 | 110-510 서울시 종로구 동숭동 201-14 청기와빌라2차 104호
물류센타(직송 · 반품) | 100-272 서울시 중구 필동2가 124-6 1F
전 화 | 02)2275-9171
팩 스 | 02)2275-9172
이메일 | tibet21@hanmail.net
홈페이지 | http://goldegg21.com
출판등록 | 2003년 03월 26일(제300-2003-230호)

값 15,000원

ISBN 978-89-91601-04-8-03810

문학의 공명

정재림 평론집

황금알

책머리에

'인간은 왜 악惡한가?'

사회 곳곳에서 생겨나는 범죄들과 병리적인 현상들을 접할 때마다 떠오르는 질문이다. 동서양의 철학자들은 이 문제에 대해 저마다의 의견을 내놓은 바 있다. 악의 원인을 어디에서 찾느냐에 따라 의견의 향방이 크게 갈렸던 것 같다. 즉 악(혹은 선)이 인간성 안에 존재한다는 견해와 사회적 조건 속에서 만들어진다는 의견으로 대별된다. 악의 문제에 천착한 동서고금의 문학 텍스트들의 입장도 어느 한 견해에 대한 옹호이거나 저항이었던 듯하다.

평론집 마지막 글에 나오는 두 영화에도 악한 인물들이 등장한다. 영화 〈시〉와 〈고백〉의 악한은 충격적이게도 10대 소년들이다. 타인을 죽음으로 몰아 넣으면서도 눈 하나 깜빡하지 않는 이 소년들은, 그런데 잔인해 보이지는 않는다. 오히려 이들에게서 도드라져 보이는 것은 무감각함이다. 이들은 어떤 광기에 사로잡혀 있는 것도 아니고, 자신의 악으로 말미암아 죄책감에 빠지지도 않는다. 한마디로 이들에게는 윤리나 양심이 부재한다.

한나 아렌트Hannah Arendt의 이론은 쉽게 납득하기 어려운 이 소년들의 행동을 이해하는 데 하나의 시사점을 제공한다. 이 소년들의 심리상태는 수많은 유태인을 죽음으로 몰아넣고도 전혀 양심의 가책을 느끼지 않았던 아이히만Eichmann의 그것과 비슷하다. 아이히만의 재판과정을 면밀히 관찰했던 아렌트는 한 가지 독특한 사실, 즉 아이히만의 모든 말이 상투어나 공허한 말로 채워져 있다는 점을 발견한다.

그리고 아렌트는 아이히만의 '말하기의 무능력함inability to speak'을 '생각하기의 무능력함inability to think'으로 연결시키며, 그에게 결핍된 것이 바로 '타인의 입장에서 생각하는 능력'이었다고 지적한다. 사유능력의 부재와 악을 연결시키는 아렌트의 견해에서 보자면, 두 영화에 나오는 소년들의 악행 역시 무사유성에서 비롯된 것이라고 하겠다. 즉 나의 말과 행동이 타인에게 어떤 공포와 수치를 불러일으킬지를 생각해 볼 수 없기 때문에 그와 같은 악을 저질렀다는 논리이다.

그렇다면 악은 지성이나 의지보다는 상상력과 직결되어 있는 것이다. 생각하는 능력이란 쉽게 말해 역지사지易地思之의 능력이고, 역지사지는 내가 타인의 입장이 되어 보는 상상에서 출발하기 때문이다. 그런 점에서 상상력이 관건인 문학은 필연적으로 윤리와 접속될 수밖에 없고, 상상력에 기반한 사유성 혹은 공감능력의 신장이야말로 문학의 중요한 기능이 아닐까 생각된다.

신약성서에 등장하는 '민망히 여기다have compassion on'라는 표현은, 그래서 심상치 않아 보인다. 가난하고 병든 사람들에 대한 예수의 정서적 반응을 나타내는 이 표현은 단순히 동정하고 불쌍히 여기는 것 이상을 의미하는 듯하다. 연민과 동정에서 출발하여 진정한 공감상태에 이르는 경지를 뜻하는 것이 '민망히 여기다'의 참 의미일 듯하기 때문이다. 문학은 타인의 고통을 상상하고 그것과 공명共鳴하도록 인도하며, 나아가 공감능력을 획득하도록 하는 힘을 갖고 있다. 하여, 위대한 작가들은 문학을 통한 구원을 믿었던 것이 아닐는지.

두 번째 평론집을 묶는다. 1부에 실린 대부분의 글들은 시 종합문예지 『문학청춘』에 실었던 평론들이다. 2부에는 소설과 영화를 대상으로 한 평론들을 담았다. 「임옥인의 삶과 문학」은 〈한국문학의 재발견-작고문인선집〉 『임옥인 소설 선집』에 실린 해설로 현대문학과 한국문화예술위원회의 양해를 얻어 실었음을 밝힌다.

모든 일이 항상 그렇지만 이 평론집은 내 힘으로 나온 것이 아니다. 위대한 스승들 덕분에 이 책이 세상에 나온다. 가르침을 베풀어주신 선생님들, 문학적 시간을 공유한 동료들, 삶을 함께 해주는 가족들이 나의 위대한 스승들이다. 생각건대 위대한 스승들 덕분에 '문학이란 무엇인가'라는 밑도 끝도 없는 질문을 포기하지 않고 여기까지 왔다. 깊이 감사드린다. 시에 대한 관심을 갖고 글을 쓰도록 독려해 주신 황금알의 김영탁 시인과 식구들, 조경숙 실장님께 특별한 감사를 드린다. 그리고 잘못된 글자와 표현을 바로 잡아준 지혜, '공명'이란 두 글자를 선택해준 민서에게도 고마움을 전한다.

2011년 여름

정재림

차 례

2부

1부

아멘amen의 풍경 — 마종기론

서울의 우울에서 벗어나기 위한 비상구 — 김승희론

내 마음의 폭설 — 김광규론

해로운 시! — 장석주론

시는 가려움이다 — 유정이 『선인장 꽃기린』

시가 건네는 질문들 — 이승훈과 정끝별의 시에 부쳐

아멘amen의 풍경

— 마종기론

1.

마종기 시인의 직업을 의식하고 싶지 않지만, 그의 시를 읽으며 나는 자연스럽게 의사의 손을 떠올리게 된다. 골밀도 수치를 검사하는 의사의 차가운 손이 아니라, 상처를 싸매주는 조금은 투박하고 따뜻한 손길을 말이다. 상처와 고통에 민감한 눈과 손을 가진 탓인지, 시인은 상처의 자리 하나하나를 무심히 보아넘기지 못한다. 상처의 흔적을 환히 비추어주는 그의 시를 읽는 나에게 아픔이 전해진다. 그렇다고 마종기의 시가 상처를 호들갑스럽고 요란하게 강조하고 있다는 이야기는 아니다. 아니, 반대로 슬픔을 삭이는 조용한 탄식 가운데 아픔을 조용히 전해주는 것이라고 해야 옳겠다. '외국에서 변을 당한 壎에게'라는 부제가 붙은 「동생을 위한 조시弔詩」는 시인의 감정이 어떤 방식으로 독자에게 가닿게 되는지를 알게 해준다. 「동생을 위한 조시弔詩」는 11편의 시로 구성되어 있는데, 첫 번째 시 「1. 입관식」에는 동생을 잃은 형의 비탄과 슬픔이 여과없이 드러나 있다.

어릴 때는 고등학교까지 같은 이불을 덮고
대학에 가서는 작은 아랫방을 나누어 쓰고
장가든 다음에는 외국에까지 나를 따라와
여기 같은 동네 바로 뒷길에 살던
내 동생 졸지에 억울하게 죽었습니다, 하느님.

(…중략…)

눈물이 자꾸 납니다.
관을 덮고 나면 내일 하늘이 열리고
내일 지나면 이 땅에서 지워질 이름,
당신을 원망하지 않겠다고 약속합니다.
귀염둥이 내 자식이라고 받아주세요.

— 마종기, 「1. 입관식」 일부

어린 시절에는 한 이불을 덮었고, 조금 커서는 한 방을 나누어 썼던 동생, 어른이 되어서도 한 동네에 살던 동생을 갑작스런 사고로 잃었다. 동생의 시신을 담은 관은 덮힐 것이고, 동생의 영혼을 받아

줄 하늘의 문은 열릴 것이다. 육체가 땅에 묻히고 영혼은 하늘로 돌아가면 그의 이름은 이 땅에서 영원히 지워질 것이다. 시에는 성장과 비례하여 형제의 거리가 점차 멀어져가고 있음이 암시되어 있으며, 닫히고 열리는 대조를 통해 혈육을 잃은 막막함의 정서가 전달되도록 배려되어 있다. 하지만 이런 시적인 장치를 압도하는 것은 "내 동생 졸지에 억울하게 죽었습니다, 하느님"이라는 눈물의 하소연과 "눈물이 자꾸 납니다"라는 진솔하고 직접적인 표현이다. 눈물 섞인 탄식은 돌연한 사고로 동생을 잃은 형의 깊은 슬픔을 가감없이 전해준다. '하느님'에게 눈물로 하소연을 쏟아 놓는, 그러면서도 "당신을 원망하지 않겠다고 약속"하는, 자기 자신과 동생을 '귀염둥이 내 자식'으로 받아달라고 소망하는 인간적 진솔함이 독자에게 전해지는 것이리라. 이 시는 시인의 인간적 '고통'을 고스란히 드러내 놓음으로써 독자가 그 정서에 자연스럽게 참여하도록 유도한다.

하지만 정서의 공감이 시의 최종 목적인가라는 반문이 가능하다. 다시 말하면, 정서적 공감의 형성이 병리적인 감염과 어떻게 다르냐는 냉정한 지적이 있을 수 있다는 뜻이다. 병리적 감염이란 비판에 유의해 볼 때, 「1. 입관식」에서 독자인 내가 아무것도 보지 못하였음을 인정하지 않을 수 없다. 장례식장을 찾은 친구와 친지의 모습도, 울고 있는 시인의 얼굴도, 죽음과 무관히 펼쳐져 있을 하늘과 땅도 보지 못했다. 시인의 하소연을 받아주는 절대자 '하느님'의 흐릿한 모습만을 가까스로 본 것 같다. 왜냐하면 "눈물이 자꾸" 나의 눈을 가렸기 때문이다. 아무것도 보지 못했다는 말은, 그러니까 눈물이 자꾸 흘러서 모든 것이 동생으로만 보이는 시인의 병리적 상태에 내가 동참했다는 뜻이다. 그러나 「1. 입관식」 다음에 이어지는 시편들은, 이 조시弔詩가 강한 정서적 공감의 형성 이상을 성취하고 있음을 확인하게 해준다. 「9. 조화造花」에 가면 다른 것들이 눈에 보이기 시작한다.

아직 비석도 세우지 못한 네 무덤
꽂아놓은 조화는 아름답구나.
큰비 온 다음날도, 불볕의 며칠도
조화는 쓰러지지 않고 웃고 있구나.
무심한 모습이 죽지 않아서 좋구나.
향기를 남기지 않아서 좋구나.

나는 이제 살아 있는 꽃을 보면
가슴 아파진다.
며칠이면 시들어 떨어질 꽃의 눈매
그 눈매 깨끗하고 싱싱할수록
가슴 아파진다.
살아 있는 모든 것이 아프다.

— 마종기, 「9. 조화造花」 전문

동생의 무덤 앞에 꽂아놓은 '조화'가 시인의 시야에 들어온다. '조화造花'와 '생화生花'가 이루는 대조는 슬픔의 정서에 함몰되는 것을 막아주는 객관화의 장치이다. 조화/ 생화, 사물/ 생명, 무향/ 향기의 대립항의 설정은 시인과 독자가 슬픔의 정서에 침윤되는 것을 막아주는 방어벽 역할을 한다. 하지만 생명 없는 가짜 꽃에서도 시인은 아직 동생의 모습을 좇고 있는 듯하다. 즉 "가슴 아파진다." "살아 있는 모든 것이 아프다"라는 구절에서 다시 그의 눈에 이슬이 맺히는 듯하다. 동생의 무덤 앞에 '조화弔花'를 바치며 애도를 마쳐야 할 터인데, 아직 시인은 먹먹한 슬픔 가운데 있다. 마지막 시 「11. 남은 풍경」에 오면, 잦았다 다시 솟구치는 슬픔이 거의 진정되는 듯하다.

> 새 한 마리 작은 나뭇가지에 앉았습니다.
> 나뭇가지 작게 흔들리기 시작합니다.
> 새가 날아가버린 후에도 나뭇가지는
> 아무것도 모르고 아직 떨고 있습니다.
> 나뭇가지 혼자 흐느껴 우는 것 같습니다.
> 남아 있는 풍경이 혼자서 어두워집니다.
>
> — 마종기, 「11. 남은 풍경」 전문

이제 시인은 눈물을 보이지 않는다. 눈물이 걷힌 그의 눈에는 무엇이 보일까? 그건 바로 '남은 풍경'이다. 더 이상 죽은 동생의 모습도, 동생처럼 보이는 사물도, 동생을 좇는 형의 시선도 보이지 않는다. 대신 나뭇가지에 앉았다 날아가는 한 마리 새가 전면화된다.

물론 작은 나뭇가지나 새 한 마리는 형과 아우의 비유일 것이다. 자연물로 의인화된 형제의 곡진한 사랑과 아픔이 새에서 나뭇가지로, 다시 나뭇가지에서 시인에게로, 그리고 시인에게서 나에게로 전해진다. 하지만 새의 물질성이 남기고 간 여운과 진동보다 나를 더 강하게 사로잡는 것은 거기에서 '남은 풍경'을 발견해내는 시인의 눈이다. 눈물과 빗물로 시야가 온통 가리워져 아무것도 보지 못했던 시인(그리고 나는)은 최종적으로 "남아 있는 풍경"을 발견한다. "남아 있는 풍경"은 원래 있었던 풍경일 것이다. 눈물과 빗물에 가리워 잠시 보이지 않았던 풍경일 것이다. 그러므로 그건 재발견된 풍경이다. 있다가 사라져버린, 그리고 사라졌다가 다시 나타난 풍경은 예전과 현상적으로는 동일하지만 본질적으로 다른 것이 아닐까? '남은 풍경'은 사랑하는 사람을 떠나보내고도 살아야 하는 남은 생生의 비유일 것이다. 그리고 남은 생애를 함께 살아가야 하는 가족과 이웃과 자연과 사물들일 것이다. "하느님, 당신밖에 하소연할 곳이 없습니다"(「1. 입관식」)라는 절망적 기도는 마지막 시에서 슬픔까지도 수용하는 겸허함으로 끝난다. 그런 의미에서 마지막 시는 기도문을 마치는 진정한 아멘이다. '그렇게 해주십시오'라는 뜻의 아멘은 고통까지도 포함한 삶에 대한 겸허한 긍정이다. 시인과 더불어, 슬픔의 감염에서 놓여난 독자는 시인이 그려준 '남은 풍경'을 보며 삶의 쓸쓸함과, 그리고 그것을 담담하게 받아들여야 하는 지혜를 배운다.

2.

고통은 결코 환영할 만한 것이 못 되지만, 삶은 고통이라는 대가를 항상 요구해 온다. 극심한 고통은 우리가 아무것도 할 수 없는 존재이며, 우리에게 어떤 도피처도 없다는 사실을 심각하게 깨닫게 한다. 전적인 무력함을 체감하게 하는 사건이라는 점에서, 고통과 죽음은 가까운 거리에 있다고 하겠다. 다시 말한다면, 고통과 죽음은 우리의 주체성을 잃어버리게 하는 사건이다. 그래서 우리는 고통을 피하고 싶고 죽음을 잊은 채 살고 싶다. 하지만 고통은 이렇게 쓸모없기만 한 것일까? 타자 윤리학을 정초한 레비나스E. Levinas는 죽음과 고통에 적극적인 의미를 부여한 철학가이다. 그는 인간의 윤리적인 전망을 열어주는 것이 고통이라고 말한다. 죽음과 고통은 외로움과 고독을 경험하게 하며, 나아가 절대자와 타인을 발견하게 하는 계기라는 것이다. 청년 시절부터 '해부학 교실'을 오가며 타인의 죽음과 고통을 직면해왔던 시인, 육친의 죽음으로 실존적 고통을 경험한 시인은, 그래서 타인의 아픔을 여상히 보아넘기지 않는 눈과 손을 갖게 되었나 보다.

마음의 지도

멀리 톨레도 시에서 날아온 시들은 "서성거리며 평생을 사는 것들"과 "보이다 말다 하는 미세한 것들"을 무심히 보아 넘기지 않는 시인의 눈길을 다시 확인하게 한다. "가여운 풍경"을 응시하는 시인은, 그런데 현재 여행 중인 듯하다. 그는 악천후를 뚫고 뉴질랜드에 도착해서 그곳의 초원과 나무를 둘러보는가 하면(「뉴질랜드 시편1」, 「뉴질랜드 시편2」, 「뉴질랜드 시편3」), 이집트 박물관을 헤매다가 나일 강을 바라보며 죽은 동생을 떠올려 보기도 한다(「동생의 이집트」). 여행은 돌아옴을 전제로 한 떠남이다. 그래서 여행의 출발지는 최종 도착지와 일치한다. 흥미로운 점은 시인의 출발 지점이 그의 거주지인 미국의 오하이오가 아니라는 사실이다. 그는 "초여름 더위의 서울을 떠나 11시간 반 만에 오크랜드 시에 도착"(「뉴질랜드 시편1」)했다고 말한다. 한국을 떠난 지 40여 년이 되었건만 그의 마음의 지도는 아직도 한국—서울을 중심으로 펼쳐진다는 사실을 눈치챌 수 있는 부분이며, 때문에 우리는 마종기 시의 구심점이 한국에 대한 그리움임을 짐작하게 된다.

구심력이라는 비유를 사용했으니, 그 힘과 반대 방향으로 작용하는 원심력도 해명해야 할 것 같다. 팽팽한 시적 긴장을 만들어내는 원심력의 정체는 과연 무엇일까? 다시 말해 향수를 잠재우는 힘, 고국으로 달려가려는 마음을 진정시키는 힘이 무엇인가라는 질문이다. 한 가정의 가장으로서의 삶, 의사로서의 평범한 일상이 고국으로 치닫는 마음을 달래는 것이라고 유추할 수 있겠다. 하지만 재발견된 풍경과 그 사소한 것들에 대한 사랑의 마음이 그 원심력의 정체가 아닐까, 나는 생각해본다. 한국을 중심으로 마음의 지도가 펼쳐지지만, 아버지와 동생이 마음의 정박지이긴 하지만, 미지의 땅에서 새로운 고향을 발견하고, 아프고 고통받는 사소한 것들을 형제처럼 여기는 마음이 고국으로 향하는 발걸음을 거두어 들이는 것이 아닌가 하고 말이다.

목쉰 소리로, 아멘

시인은 고통과 죽음을 감지하는 예민한 촉수를 가지고 있지만 그것을 과장된 목소리로 떠벌리지는 않는다고 앞에서 지적했다. 이번 시에도 죽음은 무심한 목소리에 실려 그림자처럼 잠깐, 슬쩍 드러난다. 「뉴질랜드 시편1」은 서울에서부터 뉴질랜드 퀸스타운까지의 여정을 그리고 있다. 기상이변으로 비행기가 정상 착륙을 하지 못하는 상황이다. 기체가 불안정하게 흔들리고 비행기 창밖으로는 검은 구름만 보인다. 하지만 외부의 상황에 대한 시인의 내적인 감정은 드러나지 않는다. 그저 "어지럼증을 지운다고 창을 닫고 리시버를 귀에 깊이 박고 음악을 듣"는 모습만이 나온다. 하지만 "나도 몰랐던 후줄근 땀에 젖어 공항을 나서는" 장면에서, 흔들리는 비행기 속에서 그가 겪었던 것이 죽음의 공포였음을 문득 감지하게 된다. 그는 비행기 안에서 신의 이름을 애타게 불렀는지도 모르겠다. 하지만 추측컨대 원망과 불평은 아니었을 듯하다. 시는 그의 기도가 "알랠

루야"와 "아멘"으로 표현되는 절대자에 대한 찬양과 절대적 긍정이었을 것임을 암시한다.

「뉴질랜드 시편1」은 「동생을 위한 조시弔詩」에서 확인했던 시인의 삶에 대한 자세를 압축적으로 보여준다. 지도의 중심인 '서울'에서 출발한 여행은 그의 인생 전체에 대한 비유로도 읽힌다. 그는 "할 수 없이 고국을 떠날 수밖에 없었"(「수원에 내리는 눈」)던 사람이 아니던가. 물론 고국을 등지는 그에게 새로운 곳에 대한 꿈과 소망도 있었을 것이다. 하지만 여행길에서 그가 만나는 것은 악천후와 비행기 불시착으로 대변되는 장애와 고난이다. 예상치 못한 사건, 순탄치 않은 사건 앞에서의 그의 자세는, '아멘'과 '알랠루야'로 상징되는 절대적 긍정이다. 하지만 아멘으로 압축된 삶에 대한 긍정이 체념이나 초월로 오해되어서는 안 될 듯하다. 이미 쉬어 있는 그의 목소리가 공포의 깊이와 기도의 간절함을 명백히 증명하기 때문이다.

고사리 나무와 짖지 않는 개

뉴질랜드 여행에서 시인의 시야에 들어온 것은, 양몰이 개와 고사리 나무이다. 고통받는 타인뿐만 아니라 동물과 식물의 아픔이 감지될 만큼 그의 시야가 넓어진 것이라고 말해도 좋지 않을까? 인간은 "아버지의 눈물"로 키워지고, 동물과 식물은 "하나님의 눈물"로 키워지니, 인간도 동물도 식물도 다 형제가 되는 이치가 통할 것 같다.

한국 사람에게 고사리는 참기름에 데쳐 먹는 산나물이고, 개는 집을 지키기 위해 짖어대는 짐승이다. 그런데 뉴질랜드의 고사리와 개는 너무 다르다. 고사리는 목재로 사용되는 키 큰 나무이고, 개는 평생 한 번도 짖지 않고 양떼를 몰고 다니는 몰이꾼이니, 고사리와 개라는 이름만 같을 뿐이다. 하지만 시인은 이질감을 감지하는 데서 멈추지 않고, 우리가 다같이 "외로운 아버지의 눈물"로 자란 형제임을 깨닫는 데까지 나아간다.

이질적 존재에게 느끼는 "외로움의 앙금"은 시인의 것이라고 볼 수 있다. 즉 시인이 타향살이에 지친 자신의 감정을 고사리와 개에게 이입한 것으로 해석할 수 있다. 그렇게 보면 고사리와 개는 인간의 비유일 뿐이다. 그런데 흥미로운 사실은 시인이 대상들과 대화를 하고 있다는 것이다. 다시 말하면, 시인의 주관화된 시선이 나무와 개를 바라보기만 하는 것이 아니라, 고사리와 개 또한 시인의 시선을 되받아치는 것처럼 읽힌다는 것이다. 가령, 고사리 나무는 "내 옆에 서서도 나를 외면"하는가 하면, 반대로 "나를 측은히 돌아보"고 있다. 지나가던 구름은 "고개를 저으며 천천히 돌아앉"으며, 양몰이 개는 "나를 한번 보고는 고개를 돌려버린다." 주의할 대목은 외면하고 돌아보고 돌아앉고 고개를 돌려버리는 주체가 시인이 아니라는 점이다. 행위의 주체는 고사리 나무, 구름, 양몰이꾼 개이다.

나무와 개가 시인 자신을 바라보도록, 그리고 외면하도록 허락하는 시인의 상상력을 눈여겨 보자. 고사리 나무와 양몰이 개가 돌아 보고 고개를 돌리는 주체가 된다는 것은, 시인에게 이들이 한낱 생명없는 동식물로 존재하는 것이 아니라는 증좌가 아닐까? 인간처럼 눈과 얼굴을 가진 고사리 나무와 짖지 않는 개가 시인을 본다, 시인의 얼굴을 외면한다. 그리고 시인 역시 양몰이 개와 고사리 나무의 얼굴을 본다, 혹은 외면한다. 그리고 그들의 얼굴에서 "긴 아픔"과 "외로움의 앙금"을 발견한다. 시를 읽으며 나는 서로를 바라보는(혹은 외면하는) 시인과 고사리 나무, 시인과 개를 상상한다. 뉴질랜드의 고사리 나무, 짖지 않는 개의 얼굴에서 외로움을 발견하고 그들과 무언의 대화를 나누는 시인의 상상력은 윤리적 상상력이라고 불려도 틀리지 않을 듯하다.

이것은 순응주의가 아니다

하지만 대상을 끌어안는 시인의 이러한 포용이 순응적 체념과는 분명히 구별된다. 긍정과 수용의 대상이 되는 것은, 단적으로 말하면 "가여운 풍경"으로 제한된다. 즉 시인에게 "한기"를 느끼게 하는 것은 "서성거리는 것들./ 서성거리며 평생을 사는 것들,/ 보이다 말다하는 미세한 것들"(「수원에 내리는 눈」)로 한정된다는 뜻이다. 시인의 에세이 「따뜻한 나라의 문학 풍경」은 시인이 긍정하는 풍경과 그렇지 못한 풍경이 무엇인지를 뚜렷하게 보여준다. 한국을 떠난 지

40년이 지나서도 고국을 마음의 정박지로 삼고 있는 시인, 여전히 한국어로 시를 쓰고 발표하는 시인에게 한국인으로서의 정체성은 큰 의미를 가진다. 하지만 그는 민족적 정체성이 다른 누군가를 억압하는 폭력이 될 수 있다는 사실을 간과하지 않는다.

단호한 어조의 에세이를 읽으면서 뜨끔한 까닭은 아마도 내가 "근시안적이고 속 좁은 문인"에 속하기 때문일 것이다. 관념적 차원에서 타자와 손님을 환대하면서도 실제 삶의 영역에서는 배타의식을 버리지 못하는 우리의 현실을 떠올리며 시인의 충고에 귀를 기울일 필요가 있을 것 같다. 민족 정체성이라는 사안에 지나친 무게를 부여하다보면, 자연스럽게 인종적, 민족적 차별주의의 폐해를 낳게 된다는 사실을 잊고, 우리는 '민족'이라는 이름에 자연스런 강세를 두고 있는지도 모른다는 생각이 들기 때문이다. 시인이 고국의 문학계에 주문하는 "인간 사랑과 예의"는 그의 시의 뿌리이자 핵심일 것이다. 그것은 고통과 아픔 속에서 움터 나온 "인간의 선한 신호"(「뉴질랜드 시편1」)일 것이며, 주변과 타인과 사소한 것들을 포용하는 윤리의 다른 이름일 것이다.

서울의 우울에서 벗어나기 위한 비상구
— 김승희론

1. 김승희, (비)자발적 아웃사이더

김승희金勝熙는 누구인가?

김승희는 시인이다. 1973년 『경향신문』에 시 「그림 속의 물」로 등단한 이래, 지금까지 8권의 시집을 세상에 내놓았다.

이것만이 아니다. 그녀는 소설가이다. 1994년 『동아일보』에 소설 「산타페로 가는 사람」을 발표하며 등단하였으며, 소설집과 장편소설을 발표한 바 있다.

또 김승희는 국문학과 교수이며 문학연구자이다. 시인 이상과 김수영 등에 대한 연구서와 다수의 연구 논문, 산문집, 번역서를 낸 바 있다.

시집 『태양미사』(1978), 『왼손을 위한 협주곡』(1983), 『미완성을 위한 연가』(1987), 『달걀 속의 생生』(1989), 『어떻게 밖으로 나갈까』(1991), 『세상에서 가장 무거운 싸움』(1995), 『빗자루를 타고 달리는 웃음』(2000), 『냄비는 둥둥』(2006). 소설집 『산타페로 가는 사람』(1997)과 장편소설 『왼쪽 날개가 약간 무거운 새』(1999). 산문집 『33세의 팡세』(1985), 『성냥 한 개피의 사랑』(1986), 『사랑이라는 이름의 수선공』(1993) 등등. 여기까지만 꼽아보아도 서가의 한두 칸이 그득해질 것 같다. 하지만 이것이 김승희일까?

이런 나열을 하고 보니 김승희의 네 번째 시집에 실린 「약력을 쓰는 밤에」가 떠오른다.

> 나는 잡지사 기자의 지시대로
> 방바닥에 엎드려 기실은
> 꼬박꼬박 약력이란 것을 쓰고 있는데
> 남의 꿈을 타이핑해주는 복사기처럼
> 부걱부걱 글씨를 베끼고 있는데
> (하이퍼 리얼리즘처럼 극사실한
> 명쾌한 형태적 구성 속에서
> 나는 나의 주민등록번호보다
> 뒤에 있고
> 또는 하얀 석고가 되어 내가 썼던
> 헌책들의 목록 사이에 박제되어 있기도 하다)
> 정말 나는 어떻게 된 걸까?
>
> — 김승희, 「약력을 쓰는 밤에」 일부

김승희에 대하여, 김승희의 시에 대하여 말하겠다는 나의 시도가, 주민등록번호를 사람보다 앞세우는 우스꽝스런 짓과 비슷한 것이 아닐까 하는 두려운 생각이 든다. 아니, 시인과 시를 어쭙잖게 해부해서 "하얀 석고"로 "박제"시키는 결과를 낳으면 어쩌나 싶다. 강산이 세 번이나 변하고도 남을 기간 동안, 한 순간도 문학 현장에서 벗어난 적이 없었던 이 성실하고 영민한 작가에 대하여 말을 하려니 이런저런 두려움이 자꾸 글쓰기를 방해한다. 그래서 김승희와 김승희 시에 대하여 '모든' 것을 말할 자신은 없다고, 나는 미리 털어놓고 글을 시작해야겠다. 그저 순수한 독자의 입장에서 내가 김승희 시의 어떤 점에 탄복하고 동감했는지, 혹은 어떤 점에 의문을 갖게 되었는지를 말하는 것에 불과하다고 말이다.

그런데 김승희에 대하여 살펴보면서 한 가지 이상한 사실을 발견할 수 있었다. 시와 소설, 산문, 연구를 넘나드는 김승희 글쓰기의 치열성이나 왕성함에 비하여, 소위 상복賞福이 없다는 것이다. 그 이유는 무엇일까? 김승희의 시세계를 특징짓는 문학적 색깔 때문일까? 개성적 색깔이 없다는 이야기가 아니다. 김승희의 시는 독자에게 불편함, 아니 그것을 넘어서 거부감을 줄 정도의 분명한 색깔을 갖고 있다. 분명한 색깔에도 불구하고 문학적 평가가 소략한 것은 김승희의 색깔이 문단의 주류적 색깔과 어떤 거리를 갖고 있기 때문일 것이다. 그런 점에서 김승희는 문단의 (비)자발적 아웃사이더인데, 이점을 시인도 분명히 인식하고 있는 듯하다. 시인은 「내가 없는 한국문학사」라는 시에서 어디에도 속하지 않는(못하는) 아웃사이더로서의 자신을 "여류 쥐벼룩"에 빗대어 희극적으로 표현한 바 있다.

나는 무의미시 순수시의 시대에
순수시를 쓰지 않았고
참여시의 시대에도
참여시를 쓰지 않았다.(쓰지 못했다)
나는 80년대 한국시사의
알 라 모드
해체시의 시대에도
해체시를 쓰지 않았고(못했고)
상업주의적 사랑시의 시대에
사랑시를 쓰지 못했으며(않았으며)
민중시의 시대에도 민중시를 쓰지 않았다.(쓰지 못했다)

(…중략…)

어느 날 산사에서
하얀 벽지 위에 쥐벼룩이 기어가는
것을 보았다.
손톱으로 막 누르니까
일점 피를 남겼다.
우향좌, 좌향우 같은
어중간 나에게서도

그런 일점 피가 나올까.
깨끗이 도배된 벽지처럼 무늬맞춰 발라진
한국문학사 앞에서
나 오늘 한 마리 쥐벼룩
여류 쥐벼룩(이곳에서 방점은 매우 중요하다)
구원은 없더라도
아멘을! 멈출 줄 모르는 아멘을!
멈출 수가 없으니……

— 김승희, 「내가 없는 한국문학사」 일부

시인은 유행이나 사조와는 거리가 먼 사람이다. 시인은 순수시가 대세인 시대에 순수시를 쓰지 않았고, 참여시가 주류인 시대에도 참여시를 쓰지 않았다. 해체시나 상업주의적 사랑시도, 민중시도 쓰지 않았다. 중요한 것은 '-쓰지 않았다'는 점이고, 하나 더 중요한 바는 '-쓰지 못했다'는 점이다. 즉 자신은 유행이나 시류에 따르지 않는 사람일 뿐만 아니라, 동시대의 유행에 발맞추어 나갈 수 없는 사람이라는 고백이다. 그러니 김승희는 (비)자발적 아웃사이더이다. 그래서 오른쪽인지 왼쪽인지를 명확히 해야하는 시대에 "우향좌, 좌향우 같은/ 어중간한 나"는 자칫 "독재 지배 이데올로기를 방조해온/ 매판미학의 일부"가 되어 버릴 지경이었다. '우리'와 '너희'라는 편가르기가 유난히도 득세했던 지난 시대를 아무 편에도 속하지 않고 버텨온 시인이 자신을 "깨끗이 도배된 벽지처럼 무늬맞춰 발라진/

한국문학사 앞에서/ 나 오늘 한 마리 쥐벼룩/ 여류 쥐벼룩"이라고 고백하는 것이 과장처럼 들리지 않는다.

나는 책장에 꽂혀 있던 『한국현대문학사』를 진짜 펼쳐보기로 했다. '한국현대문학사 100년을 총체적으로 개관한 결정판'이라는 문구를 내세우고 있는 대표적인 문학사책이다. '찾아보기'에 의지해 김승희를 찾아본다. 아, 있다! 494페이지! 김승희는 단 한 번, '감태준, 정호승, 이하석, 김광규, 이성복, 최승호, 장석주' 등의 이름 사이에 숨어 있다. 인용하면 이렇다. "김승희(1973)" 이것이 전부인 것을 보면 '내가 없는 한국문학사'라는 말이 전혀 과장이 아님을 알 수 있다(하나 재미있는 사실은 이 남성 시인들의 이름 뒤에는 괄호 안에 한자가 병기되어 있는데 김승희 이름 뒤에는 한자가 없다. 그냥 한글 이름 뒤에 등단 연도인 1973년만 적혀 있다. 이건 무슨 묘한 실수일까).

김승희의 시는 '이것이다'로 요약되지 않는 특성을 보인다. 일관성 있는 좌표의 구획 안으로 규정하려는 순간, 어떤 의문의 여지를 남기는 형국이다. 도시문명비판이나 세태비판으로 위치를 지우려 하면 시는 그것을 초과하는 생태학적 상상력과 접속하였다가 다시 구멍을 내고 젠더의 문제로 넘어간다. 여기에도 저기에도 속하지 않는 이 시인의 시가 사적史的 일관성을 추구하는 문학사가에게는 난감한 것이겠지만, 시에서 새로운 목소리를 읽고자 하는 독자는 김승희의 시를 읽으며 유쾌한 공감을 경험할 것이다.

2. 유쾌한 사회학적 상상력

김승희의 상상력은 기본적으로 사회학적이다. 하지만 시에서 문명비판적이고 세태비판적인 목소리가 강하게 드러나더라도, 비판의 목소리가 무거운 정서를 유포하지 않는다. 오히려 김승희 시의 사회학적 상상력은 통쾌한 웃음을 동반한다. 다음 두 편의 시는 주체와 대상이 전도顚倒되는 대중소비사회의 역설적 상황을 이렇게 꼬집어 준다.

캘빈 클라인이 나를 입고
니나리치가 나를 뿌린다
CNN이 나를 시청한다
타임즈가 나를 구독한다

— 김승희, 「식탁이 밥을 차린다」 일부

니나리치가 너를 부른다
향기로운 너를 만들어 주겠다고
크리스찬 디오르가 너를 부른다
불란서 멋쟁이로 꾸며 주겠다고
피에르 가르댕이 너를 부른다
나이키가 너를 부른다
엘리자베스 아덴이 너를 부른다
환상 창조—이브 탄생

에스티 로더가 너를 부른다
너, 너, 너를!

— 김승희, 「제국주의가 간다」 일부

시에서 대상은 주체가 되고 주체는 대상이 된다. '내'가 캘빈 클라인 청바지를 입고 '내'가 니나리치 향수를 뿌리고, '내'가 CNN이나 타임즈를 보는 것이 아니라고, 시는 말한다. 주어의 자리를 차지하는 것은 상품이고 대중매체이다. 대중소비사회가 허용해 주는 주체의 자리란 고작해야 구매 고객의 자리에 다름 아니라는 지적이다. 두 번째 시에서 주체는 2인칭 '너'의 자리로 밀려난다. '니나리치, 크리스찬 디오르, 피에르 가르댕, 나이키, 엘리자베스 아덴, 에스티 로더'가 고객인 우리를 호명하는 주체이며, 우리는 구매행위로 응답할 때만 소비의 주체가 된다. "나는 그 얼마나 특별한 사람인가!"를 증명해주는 것은 나의 소비행위이다. 나의 특별함은 이제 제국주의적 기업이나 광고에 의해 입증될 뿐이다. 이제 신은 없다. 왜냐하면 신이 담당했던 '창조'와 '탄생'의 역할은 "환상 창조—이브 탄생이"라는 광고 슬로건을 내세운 물신주의에 양도되었기 때문이다. 이제 '나는 생각한다. 고로 나는 존재한다'는 데카르트의 명제는 변경되어야 마땅하다. '나는 쇼핑한다. 고로 나는 존재한다'로.

그리고 쇼핑을 하려고 세계각국의
백화점마다 슈퍼마켓마다 벼룩시장마다

현찰을 든 손들이
달려가고 있었다.
비싸게 팔리고자 하는 욕망과
값싸게 사들이고자 하는 욕망 사이에서
헐리우드 쇼보다 더 재미있는 쇼는
시시각각 진행되고
비닐 위에 사진 실크스크린 된 것 같은
인간의 형체 비슷한 뭉그러진 모습들이
이리저리
나는 쇼핑한다 고로 나는 존재한다고
욕망의 질주로 부윰하게 떠오르고 있는
몽중보행이여.

— 김승희, 「나는 쇼핑한다 고로 나는 존재한다」 일부

이 시는 페르시아만의 전쟁이 텔레비전 위성 중계를 통해 전세계에 방영되는 상황과 백화점, 슈퍼마켓에서 쇼핑하는 모습을 중첩시켜 보여주고 있다. 이 인류 최초의 전쟁 생방송은 이미지가 실재보다 더 실재적일 수 있음을 증명해 주었다. 허구적 실재 속에서 사라진 것은 무엇이었는가? "엄청난 인명의 살상이라는/ 대학살의 느낌은 없고/ 불꽃놀이 생방송과 주가의 폭등과/ 앵커맨이 영웅이 되는/ 찬란한 쇼가 있을 뿐이었다" "멋대로 진행되는 쇼"의 와중에서 "호모 사피엔스"는 실종되었다. 즉 "인간은 이제 이 세계의 중심명제가 아니"게 된 것이라는 뜻이다. 넘쳐나는 이미지 속에 중심명제

인 인간이 사라지듯이, 구매의 욕망과 행위 속에서 인간은 역시 지워져 버리는 것 아닐까? 왜냐하면 "특별한 사람"으로 만들어주겠다는 광고 문구와는 달리, 우리는 쇼핑 속에서 가짜의 이미지만 구입하게 될 것이므로. 그렇다면 '진짜 나'는 무엇일까? 실재와 허구가 뫼비우스의 띠처럼 꼬여있는 현실 속에서 '진짜 나'는 존재하기나 하는 것일까?

3. '진짜 나'는 있을까

김승희는 '진짜 나'가 없다고 믿는 사람은 아닌 것 같다. 그보다는 '진짜 나'가 존재한다고 믿는 사람에 가깝다. 하지만 쉽게 '진짜 나'를 찾을 수 있다고 생각하는 순진한 사람은 아니다. 그렇다면 '진짜 나'의 존재를 믿으면서도 그것을 찾는 것이 쉽지 않다고 말하는 까닭은 무엇인가? 이 질문에 대한 답은 김승희의 소설 「산타페로 가는 사람」과 「호랑이 젖꼭지」에서 찾을 수 있다. 소설 속의 '백두산 호랑이', '산타페'는 '진짜 나'의 모습 혹은 '진짜 나'를 가능하게 하는 공간이다. 하지만 산타페로의 여행계획이나 백두산 호랑이를 보려는 계획은 무산되고 만다.

등단작 「산타페로 가는 사람」을 보자. 주인공 '탄'은 한국의 여성작가이다. 탄은 미국의 도시 이블린에서 개최된 세계예술가대회에 석 달간 참석하고 이제 한국으로 돌아갈 준비를 하고 있는데 산타페로 여행을 하자는 제의를 받는다. 제3세계의 여성 예술가들인 이들은 현실의 직업인, 어머니, 아내로 돌아가기 전에 자유로운 여행을 하고자 한 것이다. 하지만 복잡한 집안일, 대학원 입학, 임신 등의 이유로 산타페 여행은 좌절되고 만다. 그런데 왜 하필 '산타페'일까? 그곳은 "20세기의 문명이 오염시키지 않은 순수원초의 미"를 가지고 있는 곳이며, 돌아가야 할 '집'과 가장 멀리 떨어져 있는 장소이다. 집의 반대편에 산타페가 있는 것이니, 여행지는 반드시 산타페가 아니어도 좋았을지 모른다.

주인공은 '중력'에 예민한 사람이다. 그녀는 중력에 굴복할 만큼 몸이 무겁다는 걸 알면서도, 새처럼 허공으로 치솟는 발레리나의 몸짓을 동경하는 인물이다. 그렇다면 무엇이 그녀의 중력일까? 크게 두 가지이다. 하나는 가족주의이고 다른 하나는 민족주의이다. 탄은 자기 식대로 살고 싶은 사람이다. 하지만 질기디 질긴 가족이라는 이름은 미국까지 따라와서 자유로운 여행을 방해한다. 민족이라는 이름도 마찬가지이다. 다른 나라 사람이 바라보는 그녀는, 그녀의 의도와는 별개로 분단국가 '사우스코리아'의 한 사람이다. 그녀는 동생이 빌린 오천만 원을 대신 갚아야 하고, 민족을 대표해서 북한의 비상식적 행동을 사과해야 한다. "인연. 연좌제. 보증인. 연대보증인의 의무와 책임." 이것들은 우리나라 사람들에게 얼마나 친근한 말들인가? 무중력의 자유를 갈망하는 탄에게 '핏줄'은 증오의 대상일 수밖에 없다. 핏줄의 이데올로기가 만드는 중력의 무게가 싫어서 그녀는 더 산타페를 갈망하는지도 모른다.

그렇다면 「산타페로 가는 사람」은 '중력'에 대한 소설이라고 할 수 있다. 중력을 벗어나고 싶은 열망과 갈증을 그리고 있는 소설 말이다. 하지만 주인공은 소설 마지막에서 "아아, 집으로 가야지, 부디……"라고 되뇐다. 산타페를 열망하면서도 집으로 가겠다는 이유는 무엇인가? 중력은 싫긴 하지만 그렇다고 치워버릴 수도 없는 것이기 때문일 것이다. 그리고 중력의 한가운데 엄마가 자리잡고 있기 때문일 것이다. 김승희는 시와 산문에서 딸과 어머니의 애증관계에 대해 자주 이야기해 왔다. 「중심에 계신 어머니」라는 시를 보자.

내 몸의 한 가운데
거하고 계시는 것
배꼽 속에 멈추어 가만히 맴도는 것

멈추어 서있는 것
살아서 맴도는 것

횡액의 노른자위
그
생명의 꼭지가
아직 남아
언제간가 한몸이었던

분리
그 분리의 표적으로

그리고 혹은
혹은
나는 죽어도 사라지지 않는다는
19세기식 울부짖음처럼

— 김승희, 「중심에 계신 어머니」 전문

태아는 엄마의 몸 한가운데서 자리를 잡고 엄마와 연결된 탯줄로부터 영양분을 공급받으며 자라난다. 엄마의 몸 밖으로 나와 분리되고도 엄마와 한 몸이었던 흔적인 "생명의 꼭지"를 몸의 한가운데 간직한다. 몸의 중심에 영원히 남아있는 배꼽은 엄마와 "언젠가 한몸이었던/ 분리/ 그 분리의 표적"이다. 하지만 평생을 흔적으로 남은 배꼽처럼 엄마는 "내 몸의 한 가운데/ 거하고 계시는 것/ 배꼽 속에 멈추어 가만히 맴도는 것" 아닐까?

「호랑이 젖꼭지」는 엄마의 삶이 어떻게 딸들에게 무거운 중력으로 작용하는지를 보여주고 있다. 이 소설에서는 주인공의 여동생이 발레리나로 설정되어 있다. 뉴멕시코의 '산타페'는 '백두산 호랑이'로 변주되며, 백두산 호랑이를 보고자 했던 자매의 계획이 좌절되며 소설은 끝난다. 그녀는 왜 그렇게도 '백두산 호랑이 암컷'의 모습을 확인하고 싶었던 걸까? 백두산 호랑이가 엄마라는 중력의 끈을

끊어버리는 일종의 상징이 될 수 있을 것 같기 때문이다. 엄마는 젊은 나이에 아버지에게 버림을 받고 수예점 일로 딸의 미국유학을 뒷바라지한 억척스런 한국의 여성이다. 다른 여자와 살림을 차린 남편과 끝까지 이혼을 해주지 않았던, 그리고 자신이 죽으면 남편이 돌아오리라 믿어 남편의 상복을 장만해 놓고 죽은 인내의 여성이다. 결혼을 신성한 계약으로 믿고 신봉했던 엄마, 인내와 회한의 삶을 살아간 엄마는 딸들에게 이해하기 어려운 존재, 이해하고 싶지 않은 존재이다. 하지만 엄마는 가장 한국적인 여성이 아닐까? 주인공은 단군신화가 제공하는 한국적 여성상에 비판적인 입장을 내보인다.

> 단군신화가 억압하기 이전의 여성의 어떤 원초성, 사천여년 이전의 야성적인 양성구유兩性具有의 맨얼굴을 보고 싶었던 것이라고 혼잣말을 했다. 환웅이 나가버린 동굴 속에서 그래도 천명처럼 쑥과 마늘을 이십년도 넘게 홀로 먹고 견디며 기다려온 여인의 옆에서 살았기에, 그 여인의 딸이라는 인연으로, 난 오늘 여기 아사달의 햇빛을 거절하고 동굴 속을 탈출하여 머나먼 야성의 땅으로 도망친 또다른 여인을 보러 온 것이라고. 그래서 나의 피에 이글거리는 태양빛을 보충하고 싶었던 거라고……
>
> — 김승희, 「호랑의 젖꼭지」, 『산타페로 가는 사람』

단군신화는 우리에게 곰을 기억하게 하고 호랑이를 잊어버리게 해왔다. 곰은 승리자였고 호랑이는 패배자였다. 하지만 곰의 승리는 무엇이었을까? 어두운 동굴에서 쑥과 마늘을 먹으며 무엇을 얻었던가? 곰은 자신의 야성성을 담보로 아내와 어머니라는 이름을 얻었다. 그렇다면 동굴을 뛰쳐나갔던 암컷 호랑이는 억압 이전에 여성에게 있던 "여성의 어떤 원초성"을 상징한다. 소설은 '곰/ 호랑이'의 상징성을 '오른손/ 왼손', '표준말/ 방언', '현실적 자아/ 낭만적 자아'로 변주하며 친절하게 설명해 주고 있다. 김승희는 확실히 호랑이의 원초성, 야성성에 매혹을 느끼는 사람이다. 방언의 욕망에 이끌리고, 왼손의 자유에 매력을 느끼는 자유주의자 기질의 예술가이다. 하지만 몸에서 배꼽의 흔적을 긁어버릴 수 없음을 아는 지적인 현실주의자이기도 하다. 왜냐하면 배꼽을 지우는 것은 존재 자체의 부인과 동일한 것이기 때문이므로.

주인공은 소설 서두에서 자신이 '관성의 법칙'에 의해 살고 있다고 하면서 이렇게 중얼거린다. "인생이란 것 속에는 '내가 아니고 싶어하는 나들'이 얼마나 많이 있는가. 그 '내가 아니고 싶어하는 나들'을 나에게서 다 제거하고 나면 남아 있는 나는 무엇인가. 글쎄, 그런 것들이 있기나 할 것인가."라고. '내가 아니고 싶어하는 나들'은 바로 유전된 엄마의 삶이고, 곰이 상징하는 여자의 일생이다. 그 인습적 관념과 습관을 거두어 내고 순수한 나의 삶을 살고 싶지만 그것이 가능한가라는 질문이다. 이미 나는 엄마와 가족과 사회 속에서 형성된 존재이므로, 엄마와 가족과 사회를 제거하면 나 또한 사라지는 것이 아닐까라는 질문이기도 하다. 하여, 우리는 가족과 사회로부터 무한이 자유롭고 싶지만 결코 자유롭지 못한 것이 아닐까? 김승희는 작가가 사회와 유리될 수 없다는 요지의 발언을 여러 차례 한 바 있다. 한 대담에서 김승희는 젊은 시인들의 시에 대한 이러한 평가를 내린 바 있다.

> 그러나 힘있고 게릴라적인 시각으로 사회적, 정치적 관심을 갖고 그것에 문제 제기를 하거나 질문하고 답하는 지성적인 작품들이 드문 것 같아요. 80년대에 그 많던 현실주의 시들이 다 어디로 갔는가, 이제는 그런 현실적인 시각들이 안으로 스며들어가 내재화되어 나타날 수 있는 시기가 아닌가…… 80년대적 흔적들이 안으로 들어가서 미적 언어력과 결합하여…… 퓨전 시들이 되었더라면 좋았을 것을…… 그런 게 좀 아쉬웠어요.
>
> — 김승희 대담, 「야수의 눈빛을 두려워하지 않는 불패의 웃음」, 『게릴라』, 관점21, 2001 봄호.

젊은 시인들의 시가 문학적, 미적인 측면에서는 수준급이라 하겠지만, 사회적, 정치적 감각을 결여하고 있어서 아쉽다는 지적이다. 예술창조자를 사회와 유리된 존재로 보지 않으려는 이러한 태도 때문에 김승희의 문학은 직접적이든 간접적이든 대사회적 메시지를 포함하는 것이 아닐까 싶다. 자기분열적 예술가의 기질과 사회에 대한 지적 통찰력은 서로를 견제하고, 그 균형의 힘이 작가만의 무늬와 빛깔을 형성해내는 듯싶다.

4. 우울에서 벗어나는 네 가지 탈출구

김승희 시인의 신작시는 '서울'에 대해 발언하고 있다. 시인의 눈에 비친 서울은 한마디로 '우울'하다. 서울은 "비밀"과 "거짓말"의 도시이다. "손바닥 뒤집는 거짓말"이 난무하는 서울에서 우리는 "모기"처럼 힘이 없고 "쥐새끼"처럼 불안하다(「서울의 우울4」). 우리는 영혼을 잃어버렸고 혈관 속 피는 더러워졌다. 학교 제도와 각종 시험은 우리에게 "고장난 녹음기"처럼 "남의 말을 따라 하는" 앵무새가 될 것을 강요한다(「앵무새 기르기」). 그리고 우리의 혈액을 정화시켜줄 나무들이 사라져서 "변기 물이 입, 콧속으로 들어가 핏줄로 섞여 들어간다/ 핏줄을 따라 눈 코 입 폐 심장 신장 자궁으로 신속히 퍼져간다"(「혈액 투석을 해주던 나무님」). 그리고 이 도시에서는 한 젊은 여자 연예인이 붉은 지장을 찍은 유서를 남기고 자살하는 비극이 발생한다(「장자연의 꽃송이」).

'서울'은 후기 자본주의의 상징이다. 인간성이 실종된 거대도시이다. 권력에 의해 모기만도 못한 삶을 살고 있는 소시민의 집합소이다. 얼마 전 발표한 시에서 시인은 서울살이에 대하여 "힘들어라" "마음에 들지 않어라"라고 말한 적이 있다. 그렇다면 '나'를 힘들게 하는 그 힘의 정체는 무엇일까? 「서울의 우울1」에서 서울살이의 난경難境은 고개숙인 형상으로 제시된다. "쇼팽은 쇼팽이 무거워 고개를 숙이고 있고/ 조르쥬 상드는 조르쥬 상드가 무거워/ 고개를 숙이고 있"다. 젊은 음악가 쇼팽과 연상의 연인 조르쥬 상드의 이름이 등장한다. 연애도 우리를 힘들고 지친 삶에서 구원하지는 못한다는 암시일까? 계속해서 고개숙인 사람들이 나열된다. "환자는 환자가 무거워/ 도둑은 도둑이 무거워/ 노동자는 노동자가 무거워/ 의사는 의사가 무거워 고개를 숙이고 있고"의 반복은 '아버지' '어머니' '딸'로 이어졌다가, 다시 '해바라기' '달개비' '민들레' '자운영' '칸나'로 계속된다.

> 힘들어라
> 내가 내 이름으로 사는 것이 힘들어라
> 달빛으로 햇빛으로 고발장을 두르고
> 마음에 들지 않어라
> 마음 앞에서 고개를 숙이고 숙이고 사는 것은
>
> — 김승희, 「서울의 우울1」 일부

"내가 내 이름으로 사는 것", 그러니까 이름값을 하며 사는 게 어렵다는 것이다. '아버지' '어머니' '딸'이라는 이름에 걸맞게 산다는 것이 때로 쉽지 않게 느껴지는 게 사실이다. 그러면 시인은 사회가 부여한 이름에 충실하게 사는 것의 어려움을 토로하고 있는 걸까?

하지만 이런 의문이 든다. '아버지' '어머니' '딸' 혹은 '환자' '도둑'

'노동자' '의사'가 정말 내 이름인가? 이것들은 엄밀히 말해서 고유명사가 아니다. 이 이름들은 직업을 가리키는 말이거나 가족 내의 역할이나 혈연관계를 지시하는 말이다. 즉 이것들은 대명사에 불과하다. 그렇다면 시인은 고유명사를 포기한 채 대명사의 삶을 사는 비극에 대하여 말하고 있는 걸까?

하지만 다시 시의 처음으로 돌아가서 고유명사인 '쇼팽'과 '조르쥬 상드'조차 자신이 무거워 고개를 숙이고 있다는 점을 상기하자. 쇼팽이나 조르쥬 상드는, 그래도 자기 이름을 갖고 살았던 사람들이 아닌가? 하지만 쇼팽이나 조르쥬 상드가 정말 자기 자신의 삶을 살았다고 말할 수 있을까? 조르쥬 상드가 여성해방을 주창하는 문학 창작과 사교계의 남성편력으로 자유로운 삶을 살았다지만, 그녀는 오로르 뒤팽Aurore Dupin이라는 자신의 본명 대신 조르쥬 상드George Sand라는 남성 필명으로 살지 않았는가? 쇼팽이나 조르쥬 상드라는 '내 이름' 자체만으로 존재하는 것은 본질적으로 불가능하다. 쇼팽—아버지, 쇼팽—노동자, 조르쥬 상드—어머니, 조르쥬 상드—환자와 같은 식으로 나 뒤에는 '진짜 나'보다 더 무수히 많은 대명사들이 따라붙게 마련이고, 이름들의 중첩 속에서 정말 나란 무엇인가가 묘연해지는 것이 삶의 진실에 가깝지 않을까? 쇼팽이나 조르쥬 상드만이 그러한 것이 아니다. 우리는 세상이 준 대명사를 내 이름처럼 가슴에 붙이고 살아야 하지 않을까? 대명사의 삶, 허명虛名의 삶은 얼마나 '우울'한가?

이제 우울한 도시 서울을 좀더 자세히 들여다 보자. 「서울의 우울 4」에서 서울의 하늘은 "손바닥 뒤집는 거짓말"로 뒤덮여 있다. "나는 일회용 건전지가 아니다/ 나는 크리넥스 티슈가 아니다/ 나는 편의점 나무젓가락이 아니다/ 나는 당일치기 풍선이 아니다/ 말할수록 야위어가는 메아리가 아니다"라고 항변하지만, 모기에게 대포를 쏘는 거대권력 앞에서 '나'는 불안한 "쥐새끼" 신세가 되지 않을 도리가 없을 거 같다(난데없는 '대포'의 등장은 최근 시위대를 향해 공권력이 쏘아댔던 새총과 물대포와 사제대포를 떠올리게 한다). 교묘한 방식으로 언론까지 장악한 권력의 놀음 앞에서 '모기'처럼 힘이 없는 우리는 무엇이 진실이고 무엇이 거짓말인지도 판단하지 못할 때가 얼마나 많은가? 마치 고故 장자연 사건이 수많은 루머에 휩싸인 채 오리무중의 사건이 되어 버리는 것처럼 말이다.

그렇다면 우울한 도시 서울에서 시인은 어떤 출구를 찾고 있는 것일까? 김승희의 시집 제목을 빌려 말하자면 '어떻게 서울의 우울 밖으로 나갈까?' 우울한 서울의 지형도 속에서 독자는 적어도 네 개의 비상구를 발견할 수 있을 듯하다. 첫째는 나무와 새, 꽃이 제시하는 출구이다. 시인은 영혼 없는 새인 '앵무새'와 "영혼 고운/ 새"를 대조시키고 있다(「앵무새 기르기」). 또 "광화문 앞에 서 있던 나무님들"이 세상의 오물로 더럽혀진 사람의 혈액을 정화시켜 준다고 노래한다(「혈액 투석을 해주던 나무님」). 혼탁하고 오염된 도시 서울의 반대 지점에 도시문명을 정화시키는 자연을 위치시키고 있는 것이다. 하지만 자연/ 도시의 대립항은 이미 식상한 것 아닐까? 또 자연의 힘으로 도시 문명을 극복하려는 발상이 지나치게 낙관적이거나 현실도피적이라는 혐의를 갖는 건 아닐까? 더군다나 시에서 "영혼 고운/ 새"와 가까울 듯한 '소쩍새, 꾀꼬리, 부엉이'는 이미 서울을 떠난 듯하고, 혈액 투석을 해주던 나무들 역시 이미 뿌리 뽑혀 사라진 것 아닌가?

생태적 상상력과 종교적 상상력이 결합하며 두 번째 비상구가 열린다. 「앵무새 기르기」에서 정말 영혼 고운 새는 이스라엘의 예레미야 선지자로 형상화된다. "제 소리로 제 슬픔을 애통하며/ 예레미야 선지자처럼/ 천년세세/ 남의 슬픔을 관통하는 새/ 앵무새는 죽어도 못 따라 갈/ 영혼 고운/ 새" '눈물의 선지자'라는 별명이 익숙할 만큼 예레미야는 눈물을 많이 흘렸던 이스라엘의 선지자이다. 그는 고난과 박해로 얼룩진 자신을 위해서만 눈물을 흘렸던 것이 아니라, 민족과 인류의 비극을 위해 눈물을 흘린 선지자로 알려져 있다. 그러기에 그의 눈물은 "제 슬픔을 애통"하는 것으로 제한되지 않고 "남의 슬픔을 관통"하는 노래로 확장되는 것이다. 「혈액 투석을 해주던 나무님」에서 "수고하고 무거운 짐진 자들아 다 내게로 오라/ 푸른 팔을 벌리고 우리를 부르던/ 풍성하고 우아한" 나무의 모습은 자연스럽게 예수 그리스도의 형상과 겹쳐진다. 나무와 예수 그리스도 형상이 오버랩되기 때문에, 나무의 사라짐은 나무의 죽음으로 끝나지 않게 된다. 예수 그리스도의 죽음이 인류의 죄를 대속하는 상징성을 갖기 때문이다. 상처의 흔적이 사랑과 회복의 자리로 재탄생하는 것을 형상화한 시 「스티그마타」를 보자.

> 두 손과 두 발에 못 박히고 옆구리에서부터 심장까지 긴 창으로 찔렸다
> 그 흘러내리는 다섯 자리 피 안에서
> 얼마나 많은 사람들이 태어나고 있는가
>
> 그 고통보다 큰 사랑은 없고
> 그 못자국보다 넓은 우주는 없다
>
> — 김승희, 「스티그마타」 전문

예수 그리스도 단 한 사람의 죽음으로 전 인류의 죄가 대속된다는 기독교적 상상력을 보여주는 시이다. 예수의 몸에 남은 다섯 군데의 상처에서 쏟아진 피는 전 인류의 죄를 대속하는 생명의 피가 된다. 그래서 예수의 성흔은 "넓은 우주"보다 더 넓고 큰 사랑의 상징이 된다. 그렇다면 나무가 "다 어디로 갔나요"와 같은 현실적 질문은 중요하지 않을 수 있다. 예수 그리스도의 형상을 닮은 나무의 죽음은 오히려 대속적 죽음의 의미를 갖기 때문이다. 하지만 이와 같은 종교적 상상력 또한 생태적 상상력이 받았던 비판과 의문으로부터 완전히 자유롭기 어려울 것 같다. 즉 자연이나 종교에서 구원과 해방을 모색하는 것이 정신적 위안 이상의 어떤 현실적 의미를 갖는

것일까라는 의문에 부딪히게 된다는 것이다.

셋째 출구는 「장자연의 꽃송이」에 암시되어 있다. 시 제목의 꽃송이는 진짜 자연물이 아니다. 각종 뉴스와 인터넷 상에서 보았듯이, 고故 장자연 씨는 한 연예인에게 가해진 각종 폭력을 지장指章을 찍은 유서에 남기고 세상을 떠났다. 시인은 유서에 찍힌 붉은 지장을 꽃송이에 비유하며, "꽃이다/ 꽃송이다/ 핏빛 지장 찍어/ 꽃송이를 남겼다/ 유서를 쓰려거든 똑 이렇게 쓰렸다!"라고 말한다. 그리고 "유서 한 장 남기고/ 오늘도 원수를 찾아 오월 만발 초록 길을 걷나니/ 찢어진 옷고름/ 피 묻은 흰 치마"에서 한 개인의 죽음은 현대사의 비극적 5월과 접속된다. 언론과 권력에 의해 두 번, 세 번 죽임을 당한 한 연예인의 죽음을 생태적 상상력으로 포착하여 "벅찬 원수여, 숨찬 원수여, 기찬 원수여,/ 너를 찾아 단도를 품고 가는 길"이라는 비판적 의미망을 형성하고 있는 것이다.

넷째 출구는 문학으로 향한 길이다. 「시의 응급실에서」는 거짓말과 폭력이 난무하는 우울하고 불안한 도시 서울의 탈출구 중 하나가 '시'라는 점을 분명히 한다. "시는 응급실, 시는 산소텐트, 시는 시린 사과 속의 빨간 피"이다. 선지자 예레미야의 눈물과 유서 속 슬픔이 "비료"가 되어 "언제가 해산의 날인지 아무도 알지 못하는 날"이지만, 결국 해산의 날을 맞으리라는 것이다. 시인이 해산한 것은 무엇일까? 그것은 "당신의 시 한 편/ 하얀 김이 펄펄 나는 밥 한 공기/ 당신의 필생인 서정시 한 편"일 수 있다. "밥 한 공기"와 같은 "서정시 한 편"을 먹고 우울증을 앓는 서울의 환자들은 원기소성하게 될 지도 모르리라.

5. '딸꾹, 딸꾹' 노래하는 시인

김승희 시와 소설을 읽으며 미하일 바흐친Mikhail Bakhtin의 에세이의 한 부분을 떠올렸다. "예술가의 신성함은 그의 최상의 외재성에 있다."라는 구절이 그것이다. 바흐친은 작가란 사회가 부여한 역할을 버릴 수 없으며 현실원칙을 무시하고 살아갈 수 없는 사람이라는 점에서 여느 사람과 다를 바 없다고 말한다. 하지만 현실의 자장磁場에서 보이지 않는 것을 보아야 하고 그것을 자신의 예술작품에 구현해야 하는 것이 작가의 임무라는 설명을 덧붙인다. 즉 작가는 자기 시야의 바깥을 볼 수 있고 그릴 수 있는 사람인 점에서 신성하다는 것이다. 바흐친의 규정에 따른다면, 김승희는 자기 시야의 사각지대를 볼 수 있는 눈을 가진 지성인이며, 그것을 언어적으로 조형해낼 능력을 갖춘 예술가라고 할 수 있다. 김승희를 논하는 자리에서 자주 '야수의 눈빛' '광기' '신들림' 등의 수식어가 등장하는 것도 이러한 맥락에서라고 생각된다.

김승희는 문학으로 세상을 구원할 수 있다고 믿는 순진한 낙관주의자는 아니다. 소설에서 확인했듯이, 김승희는 현실의 무게를 누구 못지 않게 잘 알고 있다. 그런 점에서 냉정한 현실주의자에 가깝다.

하지만 문학으로 파시즘과 제국주의를 잠시나마 방해할 수 있다고 생각한다. 그 점에서 그는 여전히 이상주의자이다. 이것이 현실의 압력을 무시하지 않는 이상주의자 김승희, 이상의 끈을 놓지 않는 현실주의자 김승희의 감각이 아닐까 생각한다. 이 예민한 감각과 긴장을 오래 오래 지속하며 "딸꾹, 딸꾹" 노래해 주었으면 좋겠다. 시인이 자신의 시작詩作을 "참을 수 없는 딸꾹질"에 비유한 한 편의 시를 인용하며 나는 글을 마쳐야겠다.

> 으르렁 말과 가르릉 말 사이
> 나의 시는 딸꾹거린다
> 이 딸꿀질로 세상을 어떻게 해볼 수
> 있으리라고는 생각지 않지만
> 이 고통의, 딸꾹질,
> 이 생리의, 참을 수 없는 딸꾹질이
> 보다 정직하다는 것을 난 느끼고 있다.
> 딸꾹 딸꾹
>
> 그것은 병든 뻐꾸기의 실패한 노래
> 같지만,
> 이 딸꾹질로, 난 다만, 홀로 완결되어
> 가려는 이 시대의 문장이 홀로 완결되는 것을
> 잠시 방해할 수는 있다는 생각이다.

딸꾹 딸꾹,
그것은 병든 뻐꾸기의 실패한 노래가 아니라
딸꾹 딸꾹,
이 시대의 뻐꾸기는 그렇게 운다.

— 김승희, 「딸꾹질」 일부

내 마음의 폭설
— 김광규론

1.

2010년이 시작되는 첫 월요일 아침, 일어나 보니 창밖에 눈이 쏟아지고 있었다. 말 그대로 쏟아지고 있었다. 새벽부터 내렸는지 쌓인 눈의 부피가 제법 대단해 보였다. 오후가 되어서야 눈발이 조금 잦아들었다. 며칠 동안 도심의 곳곳은 폭설의 재난에 시달려야 했다. 재난의 최대 피해자는 제시간에 직장에 출근하고, 다시 집으로 돌아와야 하는 직장들이었던 듯하다. 텔레비전 뉴스는 시무식날 지각을 피하려고 종종거리는 직장인들의 모습과, 지옥철로 변한 지하철에 몸을 실기 위해 안간힘을 쓰는 시민들의 모습을 시시각각 보도하느라 하루 종일 바빴다. 기상관측 이래 최대의 폭설은 하나의 재난을 연상시키기에 충분한 것이었다.

그렇게 눈이 푹 푹 내리던 며칠, 꼼짝없이 집에 갇혀 김광규의 시들을 읽었다. 그리고 김광규의 시들은 내 마음에 내리는 또 하나의 폭설이 되었다. 그 시들은 나에게 '잠깐!'이라고 말걸며 다가와 분주하고 지리멸렬한 나의 일상을 잠시 멈출 것을 요청해 왔다.

나뭇잎 모두 떨어지고
열매만 빨갛게 익어

아름답구나
맛있겠구나

그런 생각 다 버리고
멍청하니
오랫동안
감나무를 바라보면 어떨까

바쁘게 달려가다가
힐끗 한번 쳐다보고
재빨리 사진 한 장 찍은 다음
앞길 서두르지 말고
그 자리에 서서 또는 앉아서

홀린 듯

하염없이
감나무를 바라보면 어떨까
우리도 잠깐
가을 식구가 되어

— 김광규, 「감나무 바라보기」 전문

이 시를 읽으며 대단한 지성이나 논리를 동원할 필요는 없다. 더 이상의 설명을 붙일 필요가 없는 쉽고 단순한 시이다. 그저 시인의 제안에 따라 감나무를 바라보기만 하면 된다. 시인은 감나무를 보면서 떠올리게 마련인 "아름답구나 맛있겠구나" 하는 관습적이고 상식적인 생각을 잠시 접어둘 것을 권유한다. 물론 이런 관찰이 보기에 따라 상당히 멍청해 보일 수 있다는 것을 시인은 알고 있다. 그런데도 그는 관습과 상식을 버리고 "멍청하니/ 오랫동안" 바라보기만 할 것을 은근히 종용한다. 바쁘게 서두르던 손과 발을 멈추고 "잠깐"이나마 "그 자리에 서서 또는 앉아서" 나무를 바라보자고 말한다.

'잠깐'은 일상을 정지시키는 일종의 주문呪文이다. 관성처럼 작용하던 상식과 일상을 한순간에 멈추게 하는 주문인 것이다. 가죽처럼 질긴 상식과 일상이 무엇을 꽁꽁 감추고 있길래 시인은 이렇게도 멈추라고 요구하는 것일까? '잠깐' 정지된 일상 뒤편, 거기에는 사랑을 속삭이는 달팽이와 혼자 떨어지는 나뭇잎 같은 것이 있다.

멀리서 그리움에 몸이 달아
그들은 아마 뛰어왔을 것이다
들리지 않는 이름 서로 부르며
움직이지 않는 속도로
숨가쁘게 달려와 그들은
이제 몸을 맞대고
기나긴 사랑 속삭인다

— 김광규, 「달팽이의 사랑」 일부

이렇게 한 해가 다 가고
눈발이 드문드문 흩날리던 날
앙상한 대추나무 가지 끝에 매달려 있던
나뭇잎 하나
문득 혼자서 떨어졌다

— 김광규, 「나뭇잎 하나」 일부

서로를 애타게 부르던 달팽이의 목소리, 서로를 향해 숨가쁘게 달려온 달팽이의 움직임은, 그러나 너무나 작거나 느려서 들리지 않고 보이지 않던 것들이다. 앙상한 대추나무에 달렸다가 "문득 혼자서" 떨어지는 '나뭇잎 하나' 역시 보이지 않던 것이긴 마찬가지이다. 시인은 "신록이 우거졌을 때" 혹은 "낙엽이 지던 때"에 골짜기를 지나고 산길을 거닐면서도 나뭇잎 하나가 떨어지는 것을 "미처 몰랐었다"고 고백한다. 우리의 시야에서 없던 것처럼 보이지 않고 들리지 않던 존재들이 갑자기 모습을 드러낸 이유는 무엇일까? 그건 일상의 시계時計가 '잠시' 멈추었기 때문이지 않을까? 이렇듯 '잠깐'이라는 요청은 하나의 주문이 되어 현실의 시간을 멈추게 하고 보이지 않는 것들을 현현顯顯시킨다.

2.

프랑스의 사회학자 앙리 르페브르Henri Lefebvre는 '일상성'이 현대성modernité의 중요한 속성임을 간파하고 일상성에 대한 철학적 고찰을 시도했는데, 그는 일상성이 '소비조작사회'의 유일한 체계가 될 것이라고 예견하기도 하였다. 직장생활을 다람쥐 쳇바퀴 돌리는 무의미한 작업에 비유하면서도 북새통을 이루는 출근길에 늦지 않게 합류하고, 지루하고 잡다한 업무로 시간을 보내고, 비슷한 메뉴의 점심으로 한 끼 식사를 해결하고, 하찮고 시답잖은 이야기로 술안주를 삼아 술잔을 기울이고, 주말에는 텔레비전 시청과 밀린 잠으로 시간을 보내고, 월급을 쪼개어 이런 저런 경조사를 챙기고……. 이렇게 뻔하디 뻔한 일상을 지겹다고 중얼거리면서도 지겹게 반복하는 현대인의 생활을 들여다면 일상성이 곧 현대성이라는 르페브르의 말에 공감하게 된다. 일상으로부터의 단절을 시도하는 온갖 모험이 없는 것은 아니다. 하지만 갖가지 모험이 끝나는 시간은, 다시 완강한 일상이 시작되는 시간이라는 점을 상기하면 일상에서의 탈출은 거의 불가능한 것이라고 말해야 좋을 듯하다. 하이데거M. Heideger가 일상을 "탄생과 죽음 사이의 존재"라고 규정했던 것도 이런 까닭이었을 것이다.

'일상시'라는 김광규 시에 대한 평가는, 시인이 세속적 일상을 시의 문맥으로 적극적으로 도입했음을 말하는 것이다. '말과 삶이 어울리는 단순성'(김주연), '언어적 명징화의 추구'(김우창)와 같은 수사가 말해주듯, 김광규는 시가 무언가 비일상적이고 난해한 형이상학을 다루는 예술이라는 편견을 단박에 깨뜨려준다. 그는 시를 미사여구로 장식하거나 애매한 언어로 치장하려 들지 않는다. 그는 독자가 이해할 수 있는 언어로 말하며, 이해가능한 상식적인 현실과 일상에 대하여 이야기하기를 즐겨한다. 그래서 그의 시는 평이하고 담백하다는 인상을 준다. 하지만 평이함과 담백함이 의미의 단순함을 뜻하는 것은 아니다. 그의 시야에 포착되는 일상적 현실이 단순함을 의미하지는 않기 때문일 것이다.

가령, 「감나무 바라보기」「달팽이의 사랑」「나뭇잎 하나」에 등장하는 미세한 존재들을 알아채지 못하게 하는 세속적 일상은 부정적인 대상이라고 할 수 있다. 그러나 세속적 일상의 범속함에 대한 묘사가 일상적 현실이 부정되어야 한다는 일방적 논리로 귀결되지는 않는다. 일상이 존재의 자유를 구속하는 족쇄나 본질적 삶을 가리는 덮개와 같은 단순한 의미만을 갖지 않는다는 말이다. 현실적인 삶에서 일상이 소거되는 것이 불가능한 일일 뿐만 아니라, 일상성의 제거가 행복으로 귀결된다는 보장도 없기 때문이다. 우리의 삶에서 일상이 사라진다면 어떻게 될까? 예를 들어, 매일 출근해야 하는 직장이 폐쇄된다면, 매일 먹는 음식을 먹을 수 없게 된다면 말이다. 노동하고 쉬고 먹고 마시고 다시 노동하는 무의미에 가까운 반복적 일상이 사라지는 것만큼 끔찍한 공포가 있을까? 지루한 일상이 없어져버리기 원하는 소망은, 그 소원이 철저히 좌절되는 한에서만 진정한 구원으로 기능할 수 있는 것이다. 그러므로 일상은 지옥인 동시에 구원인 셈이다.

르페브르가 말하듯, 이 지겨운 일상에는 '비참함'과 '위대함'이라는 두 개의 모순적 의미가 공존하고 있다. 일상은 벗어나고 싶은 것인 동시에 벗어날 수 없는 것이다. 아니, 죽음에 이르기 전까지 지속된다는 절대적인 보장이 있기 때문에 우리는 그토록 간절히 일상으로부터 벗어나고 싶어하는 것일지도 모른다. 김광규의 시선視線은 이 일상의 이중성과 아이러니를 정확하게 포착하여 삶의 비극성을 간명하게 드러낸다. 널리 애송되는 「희미한 옛 사람의 그림자」를 천천히 읽어보자.

4 · 19가 나던 해 세밑
우리는 오후 다섯 시에 만나
반갑게 악수를 나누고

불도 없이 차가운 방에 앉아
하얀 입김 뿜으며
열띤 토론을 벌였다
어리석게도 우리는 무엇인가를
정치와는 전혀 관계 없는 무엇인가를
위해서 살리라 믿었던 것이다
결론 없는 모임을 끝낸 밤
혜화동 로터리에서 대포를 마시며
사랑과 아르바이트와 병역 문제 때문에
우리는 때묻지 않은 고민을 했고
아무도 귀기울이지 않는 노래를
누구도 흉내낼 수 없는 노래를
저마다 목청껏 불렀다
돈을 받지 않고 부르는 노래는
겨울밤 하늘로 올라가
별똥별이 되어 떨어졌다

그로부터 18년 오랜만에
우리는 모두 무엇인가 되어
혁명이 두려운 기성 세대가 되어
넥타이를 매고 다시 모였다
회비를 만 원씩 걷고
처자식들의 안부를 나누고
월급이 얼마인가 서로 물었다

치솟는 물가를 걱정하며
즐겁게 세상을 개탄하고
익숙하게 목소리를 낮추어
떠도는 이야기를 주고받았다
모두가 살기 위해 살고 있었다
아무도 이젠 노래를 부르지 않았다
적잖은 술과 비싼 안주를 남긴 채
우리는 달라진 전화번호를 적고 헤어졌다
몇이서는 포커를 하러 갔고
몇이서는 춤을 추러 갔고
몇이서는 허전하게 동숭동 길을 걸었다
돌돌 말은 달력을 소중하게 옆에 끼고
오랜 방황 끝에 되돌아온 곳
우리의 옛사랑이 피 흘린 곳에
낯선 건물들 수상하게 들어섰고
플라타너스 가로수들은 여전히 제자리에 서서
아직도 남아 있는 몇 개의 마른 잎 흔들며
우리의 고개를 떨구게 했다
부끄럽지 않은가
부끄럽지 않은가
바람의 속삭임 귓전으로 흘리며
우리는 짐짓 중년기의 건강을 이야기했고
또 한 발짝 깊숙이 늪으로 발을 옮겼다.

— 김광규, 「희미한 옛 사랑의 그림자」 전문

이 시는 혁명을 꿈꾸던 청년들의 순수함과 기성세대의 소시민성을 대조시킨다. 혁명의 패기가 부끄러운 이유는 열띤 토론을 벌이던 청년과 혁명을 두려워하게 된 기성세대가 다른 사람이 아니기 때문이다. 18년의 세월이 순수한 청년을 노회한 중년으로 타락시킨 것일까? 하지만 타락의 주범은 세월이 아니다. 타락의 근원은 이미 혁명의 시기에도 잠재되어 있었다. "불도 없이 차가운 방에 앉아/ 열띤 토론"을 벌이던 이들이 "결론 없는 모임을 끝낸 밤" 대포를 마시고, 사랑과 아르바이트와 병역 문제로 고민을 하던 그 때, 이미 혁명의 실패는 예정되어 있던 것이기 때문이다. 온기 없는 차가운 현실에서 혁명을 꿈꾸는 이들 역시 사랑을 해야 하고, 돈을 벌어야 하는 사람일진대 어떻게 혁명이 온전히 실현될 수 있을 것인가?

혁명의 열기에 들떠 있던 청년들이 "아무도 귀 기울이지 않는 노래를/ 누구도 흉내낼 수 없는 노래를/ 저마다 목청껏" 불렀던 것은 지극히 자연스럽다. 혁명과 놀이는 일상과의 단절이라는 점에서 동일하게 축제라고 불릴 수 있기 때문이다. 하지만 아무리 흥겨운 축제라도 끝이 있기 마련이며, 축제를 마친 마당에서 위대한 일상은 다시 시작된다. 자본주의의 일상을 채우고 있는 것이 정확한 수치와 통계이듯, 18년의 세월이 흐른 뒤 이들 세대는 숫자의 체계에 지배된다. 그들은 회비를 "만 원씩" 걷고, "치솟는 물가"를 걱정하며, 달라진 "전화번호"를 적어둔다. "희미한 옛 사랑의 그림자"를 추억하는 이들의 옆구리에 소중하게 끼워져 있는 것은 무엇인가? 365일을 수의 체계로 압축한 "돌돌 말은 달력"이 아닌가? 이 달력이야말로 젊은이의 혁명도, 청년의 노래도 꿀꺽 삼켜버리는 거대한 괴물일 것이다.

그러나 일상성의 괴력에 대한 인정이, 현실추수주의나 패배주의로 이어지는 것은 아니다. 왜냐하면 그들이 아직 "부끄럽지 않은가/ 부끄럽지 않은가"라는 "바람의 속삭임"을 듣고 있기 때문이다. 이 기성세대가 비록 "작아졌다/ 그들은 마침내 작아졌다/ 마당에서 추녀 끝으로 날으는 눈치 빠른 참새보다"도 작아졌지만, "그러므로 더 이상 작아질 수 없다"고 다부지게 결심하고 있기 때문이다(「작은 사내들」). 똑같은 사람이 하나는 '장군'이 되고 하나는 '사병'이 되는 억압과 지배, 하나는 '회장댁 사모님'이 되고 하나는 '근로자'가 되는 불합리와 부조리를 목격하며, "이제 처음부터 다시 시작할 수는 없지만/ 이대로 끝내서는 안 되겠다고/ 나는 요즘서야 생각"(「늦깍이」) 하고 있으므로 패배라고 말할 수는 없다.

3.

하지만 김광규 시는 실제적인 혁명보다 시심詩心에서 강고한 일상을 정지시킬 힘을 찾고 있다. 즉 머리띠를 두르고 소매를 걷어붙이는 단호한 저항보다 "돈을 받지 않고 부르는 노래는/ 겨울밤 하늘로 올라가/ 별똥별이 되어 떨어졌다"(「희미한 옛 사랑의 그림자」)라는 암시에서 보듯, 노래와 시가 일상의 횡포에 대한 하나의 저항이 될 수 있다고 말하는 듯하다. 멍하니 감나무를 바라보거나, 달팽이의 몸짓이나 나뭇잎의 낙하를 응시하는 눈은 시인의 눈과 그렇게 다른 것이 아니다. 무념무상의 응시는 소란스런 일상을 거두어 들이는 놀라운 힘의 진원지로 작용한다. 그리고 일상이 중지된 그 시공간에서는 일종의 마술이 시연된다. 마술이 펼쳐지는 한 장면을 신작시 「가을 기척」에서 살펴보자.

댓돌에 한 발 올려놓고
신발 끈 조여 매는데
툭
등 위로 스치는 손길
여름내 풍성했던 후박 나뭇잎
커다란 낙엽이 되어 떨어지는
가을 기척

— 김광규, 「가을 기척」 전문

출타를 하려했는지 시인은 댓돌에 발을 올려놓고 신발 끈을 조여 매고 있다. 그런데 후박 나뭇잎 하나가 등 위에 떨어진다. "툭" 하고. 낙엽이 시인의 등에 가을을 알려온 것이다. 이 "가을 기척"이 있기 전까지 아마도 시인은 가을이 온지도 몰랐을 것이다. 그런데 가을의 기척을 느끼면서 빨랫줄처럼 지속되어 흘러가던 일상의 시간이 "툭" 끊어진 것이다. 시인과 자연의 교감이 마술인 것은, 일상의 지속성이 일거에 정지되었기 때문만은 아니다. 이것이 신기한 마술인 진짜 이유는, 떨어진 후박 나뭇잎에 과거와 현재와 미래, 그리고 인생이 담겨져 있기 때문이다. 후박 나뭇잎이 등장하는 또 다른 시 「가을 거울」을 보자.

> 가을비 추적추적 내리고 난 뒤
> 땅에 떨어져 나뒹구는 후박나무 잎
> 누렇게 바래고 쪼그라든 잎사귀
> 옴폭하게 오그라진 갈잎 손바닥에
> 한 숟가락 빗물이 고였습니다
> 조그만 물거울에 비치는 세상
> 낙엽의 어머니 후박나무 옆에
> 내 얼굴과 우리 집 담벼락
> 구름과 해와 하늘이 비칩니다
> 지천으로 굴러다니는 갈잎들 적시며
> 땅으로 돌아가는 어쩌면 마지막
> 빗물이 잠시 머물러
> 조그만 가을 거울에
> 온 생애를 담고 있습니다.
>
> — 김광규, 「가을 거울」 전문

윤동주의 「자화상」을 연상시키는 이 시에는 우물보다 더 작은 거울이 등장한다. 시인의 상상력은 누렇게 마른 후박나무 잎사귀에 고인 "한 숟가락 빗물"을 조그만 거울로 만들어 놓는다. 그런데 이 조그만 물거울에 "내 얼굴과 우리 집 담벼락/ 구름과 해와 하늘", 나아가 "온 생애"가 다 담겨 있으니 놀랍지 않은가? 시 「미래」에도 작은 물거울이 등장한다.

꼬불꼬불 밭둑길 논둑길 따라
타박타박 걸어가는 어린 여학생
하얀 블라우스와 까만 치마
훈풍이 스쳐가고
참으로 헤아릴 수 없는 그녀의 앞날
논물에 얼비쳐 눈이 부시다

— 김광규, 「미래」 일부

물거울이 얼굴과 구름과 하늘과 해를 비춰주던 것처럼, 이번에는 논물에 꼬불꼬불한 시골길을 걸어가는 "어린 여학생"의 "앞날"이 나타난다. "기차 시각표"에 적힌 정확한 시간에 도착하기 위해서 서둘러 달려가는 특급 열차보다 빨리, 작은 거울(논물)은 한 여자의 미래를 선취하고 있는 것이다. 신비로운 거울에는 이렇듯 실제의 거울로 담아낼 도리가 없는 "생애"와 "미래"가 담긴다.

나뭇잎의 기적으로 일상이 정지되고 그 사이로 인생의 비의秘意가 드러난다고 해서, 시인이 일상을 혐오의 대상으로 규정한다고 오해해서는 안 된다. 시인은 일상의 시계가 결코 멈추는 법이 없다는 사실을 엄연한 진리로 수용하고 있다. 그는 시심으로 반복의 수레바퀴를 잠시 멈추고 일상 뒤의 어떤 본질을 관조할 뿐만 아니라, 죽음의 순간까지 수레바퀴의 운행이 지속될 수밖에 없음을 담담하게 받아들임으로써 일상의 범속함을 일종의 축복으로 수용하는 미덕을 갖게 된다. 다음 두 편의 시는 삶에 내장된 죽음의 그림자를 담담하게 수용할 줄 알게 된 초로初老의 넉넉하고도 쓸쓸한 마음을 잘 형상화하고 있다.

> 갈빗대 밑에서
> 뜨끔거리며 자라는 죽음
> 어버이를 잃거나
> 자식을 낳거나
> 먹고 마시고 즐기며
> 五十年을 어질러 놓은 자리

— 김광규, 「오솔길」 일부

> 외기러기 친구들과 어울려
> 어쩌면 성당에 나가겠지
> 새벽 기도를 하고
> 열심히 설교를 듣고
> 신부님 칭찬을 기뻐하겠지
> 온종일 봉사 활동 쫓아다니고

고단하게 쓰러져 하루하루를 잊겠지

— 김광규, 「초겨울」 일부

최초의 인간 아담으로부터 제공받은 우리의 갈빗대 밑에서 이미 '죽음'이 자라고 있다고 시인은 담담하게 말한다. 그리고 탄생과 죽음 사이에 "먹고 마시고 즐기며" 사는 인생이 놓여 있는 것이라고 이야기한다. 시인이 상상하는 노년의 삶 역시 이와 다르지 않은 듯하다. 성당에 나가고, 칭찬을 듣고 기뻐하고, 봉사활동을 하며, "고단하게 쓰러져 하루하루"를 잊으며 탄생과 죽음 사이에 벌어진 시간들을 채우게 될 것이라고 조용히 이야기한다. 인생과 죽음에 대해 이렇듯 담담하고 조용히 말할 수 있는 것은, 시인이 일상의 아이러니와 이중성을 잘 알고 있다는 증거가 아닐까?

4.

봄이 청년을 상징하는 계절이라면, 가을이나 겨울은 노년에 비유될 수 있다. 그래서 사람의 일생은 탄생의 봄에서 죽음의 겨울로 이행하는 여로旅路에 비유되기도 한다. 김광규 시는 인생의 여행길에 대한 발언을 하면서 목적지에 얼마나 빨리 도달하느냐가 여행의 핵심은 아니라고 강조하곤 한다. 그는 갈빗대 밑에서 자라고 있는 죽음을 모른 체하지도 않고 죽음을 공포스러운 대상으로 과장하지도 않지만, 탄생과 죽음 '사이'를 촘촘히 채우고 있는 '일상'의 소중함을 역설적으로 드러내기도 한다. 삶의 본질을 가리는 지긋한 일상이지만 이 일상 속에서 인생의 의미가 구성되는 것임을 알기 때문일 것이다. 다음 두 편의 시에서도 노년의 삶을 채우고 있는 것이 노래하고 마시는 일상적 삶임을 드러내고 있다.

> 젊은 날들 이렇게 푸릇푸릇 피어나는데
> 사랑이 가버린 지 오랜 어르신들
> 경로당에 모여 앉아 온종일
> 고스톱 치고 음량을
> 한껏 높여 늴리리 맘보 열창 한다
> 젊음이나 늙음이나 두 개의 받침으로
> 시작되는데 막다른 나이에 부르는
> 노래 듣기에 민망스럽다
>
> — 김광규, 「침묵의 나이」 부분

> 여기 있군요 나의 단골 포도주 생-제르망 보르도 쉬페리에
> 6.49 유로니까 요즘 우리 돈으로 대략 만 원 정도
> 맛에 비하면 값이 싼 편입니다 보세요
> 참나무통에서 숙성한 아펜탈러 슈패트 부르군더 1999년산
> 독일제 레드와인도 9.49 유로나 되니까요
> 키안티 클라시코가 7.20 유로
> 한국 음식에 잘 어울리는 시라즈도 싸지는 않습니다

남아연방에서 온 더반빌 힐즈 시라즈 2000이 12 유로
오스트랄리아 산 로즈 마운트 시라즈 2002가 10.69 유로
칠레 와인도 가격 경쟁력은 괜찮은 편이죠
산타 카롤리나 (리제르바도) 2001년산이 6.99 유로
(중략)
이 수많은 포도주를 언제나 모두 맛볼 수 있을까요
인생은 짧고 마실 술은 많군요

— 김광규, 「와인코너에서」 일부

젊음이나 사랑이 이젠 당신들과 먼 어휘가 되어 버린 '어르신들'이 경로당에 모여있다. '막다른 나이'에 이른 어르신들, 이제 죽음이 코 앞까지 닥쳐온 어르신들이지만, 여전히 '고스톱'을 치고 '닐리리 맘보'를 열창한다. 경로당에 모여 앉아 10원짜리 고스톱을 치며 시간을 보내고, 철지난 유행가를 소리 높여 부르는 이 노년의 삶이 민망하고 쓸쓸하게 느껴지는 것이 사실이다. 하지만 노인들이 즐기는 놀이와 축제가 젊은이들의 그것과 본질적으로 다르지 않다는 사실을 상기하면, 노년의 삶이 쓸쓸할 거라고 짐작해 보는 게 하나의 오만한 편견이 아닐까 하는 생각도 든다. 판돈이 좀 커졌다고, 부르는 노래가 고급스럽다고, 인생이 아주 거창해진 건 전혀 아닐 것이기 때문이다.

혹은 인생은 각양 각색의 포도주가 전시된 와인코너에서 포도주를 골라 구입하고 마시는 일과 다르지 않은 것인지도 모르겠다. 입

맛과 취향, 그리고 지갑 속 돈의 많고 적음에 따라 '생—제르망 보르도 쉬페리에 6.49 유로' '아펜탈러 슈패트 부르군더 9.49 유로' '키안티 클라시코 7.20 유로' '더반빌 힐즈 시라즈 12 유로' '로즈 마운트 시라즈 10.69 유로' '산타 카롤리나 6.99 유로' '바덴—바이써 부르군더 2.99 유로' 가운데 한 병이 선택될 것이다. 무조건 비싼 게 좋다는 보장은 없으니, "자기 입맛에 맞는 것을 골라야" 한다. "벌컥벌컥 많이 마시는 것보다/ 한 모금씩 음미하는 것이 중요"하다는 시인의 충고도 귀담아 들을 필요가 있겠다. 하지만 부지런히 마셔대도 모든 포도주를 마실 수는 없다. 왜냐하면 "인생은 짧고 마실 술"은 많으므로. 노동과 노동, 일과 일 사이를 노래와 음주와 도박으로 잠시 쉬어가며 살다보면, 일하고 놀며 살아온 세월이 켜켜이 쌓여 가다보면, 어느덧 죽음의 겨울이 찾아와 있을 것이다.

텃새와 벌레들이 합주하는
사랑의 노래도 없고
물기도 마르고 햇빛도 가녀린
계절들 어떻게 살아 왔는지
폭설 30cm 내려 쌓인
영하 15도의 소한 추위 겪으며
이천만 대의 자동차 매연과
사천만 대의 핸드폰 소음 속에서
참으며 견뎌온

육십일만 삼천이백 시간
끔찍한 세월 오래 살고도
죽음이 두려운 나이

— 김광규, 「종심從心」 일부

시인은 자신이 살아온 세월을 "육십일만 삼천이백 시간"이라는 냉정한 수치로 환산해 본다. 이 엄청난 시간은 봄에서 출발했던 인생의 시계가 이제 겨울 쪽을 향하고 있음을 암시한다. 까마득한 세월을 어떻게 살아왔는지 희미하기만 한데 "폭설 30cm 내려 쌓인/ 영하 15도의 소한 추위"가 기승을 부리는 겨울을 살고 있는 것이다. 뜻대로 행하여도 도리에 어긋나지 않는다는 '종심從心'의 나이가 된 것이다. 시인은 "참으며 견디며" 살았던 인생이나 다가올 죽음에 대해서 담담하게 말하면서도, "죽음이 두려운 나이"라고 솔직하고 인간적인 고백을 털어 놓는다.

폭설에 갇혀 김광규 시를 읽었던 시간이, 내게 유익했다. 아름답고 거창한 시어를 만나서가 아니다. 삶에 대한 대단한 통찰을 얻어서도 아니다. 쉽고 정확한 말들과 만날 수 있어서 편안했다. 지당한 진실이나 상식을 확인할 수 있어서 좋았다. 내가 얼마나 목적을 향해 돌진하는 삶을 살고 있는지, 나를 둘러싼 일상들을 얼마나 하찮게 여기며 살고 있는지, 그리고 작고 보잘 없는 이 일상이 지겨운 지옥인 동시에 하나의 구원임을 다시 생각해 보게 되었기 때문이다.

아직 젊은 나의 갈빗대 밑에서 죽음이 자라고 있다는 사실과, 한번 태어난 인생이 육신의 죽음으로 종료된다는 지극한 진리에 잠시 숙연해 졌다. 무엇보다 유익한 것은 호들갑 떨며 달려가지만 말고, '잠시' '잠깐' 걸음을 멈추어야겠다는 결심, 내 주위의 타인들을 '천천히' '느릿느릿' 바라보아야겠다는 생각을 하게 되었다는 점이다. 멈추고, 바라보는 그때 "아무도 보지 않는 찬란한 빛"(「어린 게의 죽음」)을 발견할 것이라고 기대하면서.

해로운 시!
— 장석주론

시인의 표현을 그대로 가져오자면, 장석주는 "시의 씨앗을 뿌리고 거둔 지 어느덧 서른 해"를 넘긴 중견시인이다. 시인은 "햇수는 옹골차게 채웠으나 소출은 빈곤하고 보람도 초라해서 벽에 머리를 찧기 일쑤다. 재주가 얕고 공부가 깊어지지 못한 탓이다."(『절벽』(세계사, 2007), 「자서」)라고 말하지만 게으른 필자가 보기에 이런 말은 겸사謙辭로밖에 들리지 않는다. 왜냐하면 범인의 잣대를 가지고 본다면, 그의 왕성한 필력이나 생활에서의 결행력이 결코 '빈곤한 소출'이나 '초라한 보람'으로 보이지 않기 때문이다.

그는 부지런한 독서광이자 글쟁이로 유명하다(그의 종횡무진 독서편력과 60여 권의 저서에 대한 정리는 너무 많은 종이를 요청할 듯하여, 독서 및 저작과 관련한 그에 대한 소개는 접어두기로 한다). 훌훌 도시를 떠나 10년째 전원생활을 하고 있다는 점에서도 그는 강인한 의지력과 결단력의 소유자로 인정받아야 할 것 같다. 귀향(혹은 귀농)을 버릇처럼 되뇌는 사람은 많아도 그것을 결행하는 사람은 적다. 생각한 바를 현실로 옮기는 실행력에서 범인과 비범인이 결별한다는 사실을 떠올린다면, 우리는 장석주의 비범성非凡性을 인정해야 할 듯하다. 즉 일상에 매여 항상 '바쁘다'를 외쳐대는 속인俗人의 눈으로 보자면, 그는 소망형의 가정법('읽어야지', '써야지', '살아야지')을 현실로 전환시키는 위력을 가진 사람이다. 그건 부러워마지 않을 위대한 괴력이 아닌가?

자연을 살다

경기도 안성에 '수졸제守拙齋'라는 살림집 겸 집필실을 마련하고 자연과 벗하여 살아가는 시인답게 그의 시에는 '자연'을 노래한 시들이 많다. 명아주, 달맞이꽃, 강아지풀, 비름, 쇠뜨기 같은 식물이나 벚꽃, 복사꽃, 작약, 모란꽃, 수련 등의 꽃이 흔하게 등장하며, 앵두, 단감, 호박, 감자 등의 소박한 먹을거리도 풍성하다. 자연에 살고 있는 만큼 계절이나 절기상의 변화도 시 속에 민감하게 반영되어 나타난다. 삶과 일의 터전을 도시에 두고 있는 도회인이야 '덥다', '춥다' 정도만 감지하며 살아갈 뿐이지, 때가 조춘早春이든 만추晩秋이든 망종芒種이든 입동立冬이든 무슨 상관이랴. 그러므로 시인이, 도시인과 비교도 안 될 만큼 자연이나 계절에 대한 민감성을 갖추고 있는 것은 당연한 결과이다. 그는 전원주택생활자도 주말농장경작자도 아닌, 그들과 질적으로 다른 '자연에 사는 자', 그러니까 '자연인自然人'이기 때문이다. 아니, 자연에 사는 자라는 말도 부적절하다. '자연을 사는 자'라는 표현이 더 적절하겠다.

시인 스스로 '안성 3부작'이라는 부르는 『물은 천 개의 눈동자를 가졌다』(그림같은 세상, 2002), 『붉디붉은 호랑이』(애지, 2005), 『절벽』(세계사, 2007), 그리고 올해 초에 나온 『몽해항로』(민음사, 2010)에는 '자연 시편'이라고 부를 만한 시들이 많다(시인은 『몽해항로』가 이미 안성을 벗어난 시집이라고 밝히고 있지만, 『몽해항로』와 앞의 시집들 사이에 이질성이 그렇게 크게 느껴지지는 않는다. 개별적 공간(안성)을 떠나 있을지 모르지만 보편적인 자연이 시인과 밀착되어 있기 때문인 듯하다). 고즈넉하고 아름다운 자연이 시집 도처에 깔려 있다는 이야기이다. 그런데 자연의 풍광에서 고요함과 한가로움을 발견한다는 것은 엄밀한 의미에서 자연인의 풍성이 아니지 않을까? 왜냐하면 자연을 고요함이나 한가로움이라는 속성과 직결시킬 수 있는 능력은, 역설적으로 도회인의 능력일 것이기 때문이다. 그것은 도시를 버리고 자연을 선택한 자, 자연의 풍경 속으로 새로이 편입한 자만이 얻을 수 있는 감수성이라고 말하는 게 정확할 듯하다. 그래서 자연에 대한 경탄이, 자연스럽게 도시 문명에 대한 혐오나 비판을 끌어들이는 양상을 보이기도 한다. 그가 버린 도시란 어떤 곳인가?

나를 고용하고 일자리를 준 것은 도시였다
배반할 수 있는 우정은 상여금이고
질탕한 술자리는 성과급이었겠다
자정까지 의견이 다른 누군가와 싸워
결국 난 그의 굴복을 받아냈다

양복 단추가 어디로 달아났는지도 모르고
점령군처럼 거들먹거리며
술집에서 의기양양해서 떠들었겠지
술에 잔뜩 취해
나도 모를 소리를 지껄이고 있었겠지
밤 깊어 선량한 친구들
하나둘씩 돌아가버리면
허전함 때문에 코끝이 시큰해지기도 했겠지

— 장석주, 「어제의 풍경」 일부

일자리를 제공하는 곳, 즉 생계와 직결된 공간이라는 점에 도시의 중요성이 있다. 하지만 그곳은 "배반할 수 있는 우정"이 상여금으로 주어지고, "자정까지 의견이 다른 누군가와 싸워"야 하는 공간이기에 피로를 불러일으키는 곳이다. 여기까지가 과거형(어제)이다. 즉 화자는 거기(도시)에 있지 않다. 화자가 여전히 거기에 있었더라면 어떨까? 과거와 별반 다르지 않았을 거기에서의 삶을 화자는 이렇게 추측한다. 거기에 있었더라도 "점령군처럼 거들먹거리며/ 술집에서 의기양양해서 떠들었겠지", "술에 잔뜩 취해/ 나도 모를 소리를 지껄이고 있었겠지"라고. "그게 내 인생의 초안은 아니었더라도/ 그냥 그렇게 살고 말았겠지/ 그냥 그렇게"라고. 헛되고 무의미한 말들이 들어찬 도시에서의 삶은 '허전함'으로 가득 찬 듯하다. 그래서 화자는 뻔하디 뻔한 '어제의 풍경'을 등지고 조촐한 시골살림을 차렸나보다. 단정적으로 말해서 도시에서의 삶은 비루하고 졸렬한 것이므로.

어제 낮에는 핏물이 나는 고기를 씹다가
구역질이 나서 더 먹지를 못했다.
비루해, 비루해, 남의 살을 씹는 거,
내 구강口腔에서 날고기 비린내가 난다.

— 장석주, 「몽해항로2」 일부

비굴했다.
평생을
손발 빌며 살았다.
빌어서 삶을 구하느라
지문이 다 닳았다.
끝끝내 벗지 못하는
이 남루!

— 장석주, 「파리」 전문

도시적, 문명적 삶이란 남의 살을 뜯어먹는 육식의 삶이나 지문이 닳도록 손발을 부비는 파리의 삶에 비견될 만하다. 한마디로 그 삶은 '비루'하고 '남루'하다. 하지만 도시적 삶으로 상징되는 자본주의적 현실을 자발적으로 등지는 것이 비루하고 남루한 현실에 대한 극복이 될 수 있는 것일까? 즉 시인의 자발적인 탈주가 진정한 의미의 해방(다른 삶을 사는 것)이 될 수 있는가, 혹은 속악한 세계에 대한 염결성이 폭압적인 현실을 내파하는 무기로 기능할 수 있는가라는 물음이다. 이점에 대해서는 시인 스스로도 어느 정도 의식하고 있는 듯하다. 그가 자신의 탈주에 대해서 의연한 오만을 드러내면서도 종종 일종의 패배의식을 보이고 있기 때문이다. "조촐하게 살러 이곳에 왔다"라고 말하는 이면裏面에는, 버릴 수 없는 것을 버린 자의 오기傲氣, 일종의 우월감이 깔려있지 않다고 말하기 어렵다.

만삭의 둥근 달 아래 물은 첫아이를 회임한 임산부처럼 청명하게 누워 있다 저기 수억의 물방울들이 모여 하나의 거대한 원을 이룬다 물방울들은 저마다 길이다 여기 물의 정거장에는 무수한 길들이 모여 있다 내가 실패에 들었다고 생각하지는 않는다 지나간 것은 차라리 청빈한 극빈의 시절이므로 이 변방이 먼저 나를 불렀을 것이라고 추정한다 나는 슬하의 것들을 데리고 조촐하게 살러 이곳에 왔다 노루귀 매발톱 꿩의바람 벌개미취 노란줄무늬비비추 노각나마 이팝나무 초생달 물어리 같은 것들이 내 슬하에 새로 호적을 올린다 나는 저 물의 황무지에 내 생과 슬하의 생을 모종하는 것이다 삼백 년 뒤면 이곳의 물도 마르고 흙

먼지가 뽀얗게 피어오를 것이다

— 장석주, 「조촐하게 살러 이곳에 왔다」 일부

화자는 "이 변방이 먼저 나를 불렀을 것"이라고, "나는 슬하의 것들을 데리고 조촐하게 살러 이곳에 왔다"고 말한다. 옆집 아낙에게 애호박을 두 덩이를 얻어 호박젓국을 끓인다. "썬 호박과 다진 마늘과 새우젓과 고춧가루들이 뒤엉켜/ 냄비 속에서 호박젓국이 끓"고 "이 슴슴하고 간맞은 것들을 앞에 놓고/ 뜨거운 밥 한 공기를 거뜬하게 비우고 나니 속이 든든"해지는 조촐하고 간소한 밥상이란 얼마나 매력적인가? 그런데 이 고즈넉하고 조촐한 삶을 누리는 자의 의식에는 비루하고 남루한 도시적 일상을 사는 자들에 대한 은근한 멸시가 있다고 하겠다. 하지만 달리 본다면 세상이 더럽다고 버리는 건 도망자, 패배자의 명분이 아닐까?

뭇별 뜬 밤이 아픈 것은
내가 세상과의 싸움에 진 탓이다

— 장석주, 「버드나무여 나를 위해 울어다오」 일부

나는 산악山岳과 같이 튼튼한 사내가 되는 데는
실패하고 말았으니
세상에 등재된 무수한 길 중의 하나였더라도
진다는 것은 서글픈 일이다

— 장석주, 「혼자 산다는 것」 일부

세상을 등지는 게
살길로 보였다.

— 장석주, 「심해어」 일부

문제는 오연함이 진짜일까, 패배감이 진짜일까라는 이분법이 아니다. 핵심적 사안은 '오연함/패배감'의 공존이 시적 정직성의 표현이며, 그것이 시적 긴장을 촉발한다는 사실일 것이다. 가령 다음의 시구들은 지나치게 의젓하게 느껴진다.

이 순간을 살지 못하는 당신에게 삶이 없다 이 순간에도 당신은 당신이 알지 못하는 곳으로 흘러가고 있다 내 전생은 라마승이었으니 마흔 너머부터는 라마승의 삶의 길을 갈 수밖에 없다 큰 불편을 냉큼 받아들였더니 마음의 작은 불편들이 입을 다문다 시골에 오니 비로소 희망이 있었다

— 장석주, 「시골로 내려오다」 일부

서른이 넘고 나니
절망이며 비애에도
면역체계가 생기더군
마흔이 넘고 나니
어떤 재난이며 모욕에도
묵묵히 견뎌지더군

— 장석주, 「변방」 일부

세상이 나를 잊었는가, 아니면
내가 세상을 잊었는가를 잠깐 짚어 본다.
어느 쪽이든 두렵지 않았다.

— 장석주, 「청산에 살다」 일부

'시골', '변방', '청산'은 시인의 비주류 본능을 발현할 수 있는 공간 표상이다. "비로소 희망"이 가능해지고 "어떤 재난이며 모욕"에도 묵묵히 견딜 수 있으며 세상이 나를 잊는 것도 두렵지 않게 되는 공간이 있다면, 우리는 그곳을 유토피아라고 불러야 마땅하다. 하지만 '유토피아'는 존재하지 않는 곳이 아니던가? 그렇다면 이상향과 조우한 듯한 이 장면들, 이상향에 거하고 있는 이 장면들은 아무래도 과장된 포즈가 아닐까 싶다. 이 포즈가 고공비행의 산물이라면, 시인의 '저공비행'은 독자의 마음에는 강한 파문을 일으키는 듯하다. 시 「저공비행」에서 "조카딸년과 당신과 사철나무는 푸르고,/ 이쁜 것들은 다 푸르다"고 말한다. "푸른 것들만 무죄"라고 단언하고, "기어코 조카애의 초경이 터진다"라며 "푸른 것들의 계보"를 경탄의 눈으로 본다. 그런데 이렇게 노래하는 화자는 '푸른 것들의 계보'에 속한 것일까? 아니다. "나는 뻔뻔한 자들과 연루"된 자라고 화자는 말한다.

도시/시골, 인공/자연의 경직된 이분법으로 장석주의 시를 읽어서는 안 되는 게 아닐까? 시인의 위치는 자본주의 바깥, 도시적 인공의 외부가 아니라 그 경계의 어디쯤에 있는 듯하기 때문이다. 따라서 그는 자본주의와 대도시를 버린 자의 승리감에 도취된 것이 아니라, 여전히 '푸른 것들의 계보'를 동경하고 있는 그리움에 탄식하는 것이 아닐까? 죽음으로 생을 닫아버리기 전까지 그 유토피아에 가닿을 수 없는 것처럼 시인은 자연에 몸 담고 있으면서도 여전히 절절한 그리움에 몸부림치고 있는 듯한데, 그것이야말로 인간 실존의 정직한 단면이 아닐까 싶다. 멀리서는 무연하고 고적한 아름다움으로 그득한 자연도 생존의 한 장場일 터이므로.

상반된 이미지의 공존

앞에서도 말한 바, 장석주 시는 두 개의 상반된 심상이 공존 · 공명하면서 정서적 파문을 일으킨다. 가령 나이듦에 대한 그의 감각도 그렇다. 『간장 달이는 냄새가 진동하는 저녁』(세계사, 2001)에 실린 시편들에서도 내면을 향해 활짝 열린 성찰적 시선이 확인된다. "곡밥 먹은 지가 쉰 해를 넘겼으니,/ 동쪽으로 난 오솔길을 따라가는 일만 남았다"(「몽해항로5」)에서 지나온 날을 성숙한 눈으로 돌이켜보는 처연한 초로의 이미지가 떠오르기도 한다. 하지만 이 처연함은 여전히 푸른 욕망들과 공존한다는 점에서 사실성과 동시에 시적 역동성을 획득한다.

초겨울 찬비 오고
젖은 채 어는 빨래,
당신 떠난 뒤 뒤늦게 깨닫는다.
그토록 사랑했던 건
당신의 영혼이 아니었어,
오, 그 허리!

— 장석주, 「당신에게」 전문

나날이 새치가 느는데
여전히 젊은 여자에게 눈길이 가네.
아마도 주책이란 몸은 늙는데
마음은 안 늙는 상황을 말하는 것이리라.
외로운 건 스킨쉽과 오락이
부족했기 때문이야. 작년 혹한에
감나무 뿌리가 얼더니 올해는 열매가 없군.

— 장석주, 「마태수난곡」 일부

나이듦에 대한 자각이 반드시 처연한 관조적 태도만을 낳으리라는 것은 오해일 것이다. 생물학적 연령을 의식한다는 것은, 역설적으로 생물학적 연령과 상반된 내면적 젊음을 반영하기 때문이다. 즉 쉰 살을 넘겼으니 죽음에 한 걸음 더 가까워졌다는 의식 이면에는, 그럼에도 불구하고 명백한 육체성을 드러내는 "그 허리"나 "젊은 여자"에게 끌리는 잠복된 청춘, 여전한 젊음이 잠재되어 있는 것이 아닐지. 이런 상반된 이미지가 가능하다는 것은 시인이 세계를 저공비행하고 있다는 증거로 보인다. “행복은 단순하고/ 불행은 복잡하지 않던가./ 거울의 뒷면 같은 진실, 더 큰 진실일수록/ 잘 보이지 않는다.”(「바둑 시편」) 시인의 저공비행은 복잡한 진실, 오류와 역설로 점철된 진실을 깨닫게 한다. 이런 역설이 잘 형상화된 「청산에 살다」라는 시를 보자.

하루 종일 알알이 익은 오디 따 먹으려고
뽕나무 가지 사이를 들락날락하는 물까마귀 소리가 시끄럽다.
밤꽃 향내 찹찹하게 공중을 떠돌고
산딸나무는 무명천 오래 낸 듯 날렵한
네 엽 흰 꽃 환하게 매달았다.
네가 가고 난 뒤에 불볕이 며칠째 이어졌다.

불볕 속을 걸어가 잘 익은 오디 하나를 입에 넣으며
내 입술이 닿았던 네 몸 때문에
기억의 가장 연한 부분이 예민해진다.
며칠째 불볕이 구운 노을은 색이 곱고
저녁 공기도 덩달아 노릇노릇 잘 구워졌다.

— 장석주, 「청산에 살다」 일부

‘청산에 살어리랏다’를 연상시키는 이 시의 문면을 차지한 정서는 고요하고 조용하다. 오디는 익어가고 있고 나무는 꽃을 피우고 까마

귀는 나무 사이를 난다. 하지만 이면에서는 열정적인 사랑의 이미지가 부글거린다. 밤공기를 채운 "밤꽃향내"가 수런거리는 성적 이미지를 환기하고, 무심함을 위장하고 있지만 너를 향한 화자의 마음들이 수상쩍게 느껴지기 때문이다. "네가 가고 난 뒤에 불볕이 며칠째 이어졌다"라는 구절은 너를 향한 화자의 마음의 깊이를 상상하게 한다. 얼마나 대단한 대상이기에 네가 떠나고 불볕 더위가 기승을 부리겠는가? 아니, 얼마나 마음을 빼앗겼기에 불볕 더위를 탓하며 너의 그림자를 좇는 것이란 말인가? '청산'으로 상징되는 처연함, 고요함 뒤편에는 들끓는 열정과 사랑의 에너지가 숨어 있는 듯하다. 그리고 상반된 이미지로 조형된 '청산'은 전통적인 의미의 청산이 아니라 새로운 청산으로 다가와 해석을 요구한다. 황폐함과 생동감이 공존하는 청산, 익숙한 자아와 익숙하지 않은 자아가 동서同棲하는 청산, 고요함과 역동성이 경쟁하는 청산의 이미지! 시가 창조하는 겹의 이미지는 화자의 기억을 예민하게 할 뿐만 아니라, "불볕 속을 걸어가 잘 익은 오디 하나를 입에 넣으며/ 내 입술이 닿았던 네 몸 때문에/ 기억의 가장 연한 부분이 예민해진다."라는 구절을 통과하며 독자까지 서정적 주체로 변화시키는 위력을 발휘한다.

환영의 환영

시인이 내놓은 신작시들은 낭만적 동경과 그리움의 정서라는 그의 오래된 시적 주제, 그리고 그의 시가 갖는 위해함을 다시금 확인하게 한다. 시 「네 눈썹」은 시적 대상(실제 사랑하는 대상이든, 추상적 동경의 대상이든)을 "네 눈썹"으로 구체화한다. 즉 눈썹은 사랑하는 대상의 제유, 혹은 이름 붙일 수 없는 그리운 것의 상징으로 읽어도 무방할 듯하다. 화자는 "몸 없는 것이 그림자를 끌고 온다"고 말한다. 실체(몸) 없는 것은 그림자도 가질 수 없으니, 그 '그림자'는 말하자면 환영의 환영이다. 즉 실체 없는 그리움, 영원한 동경 같은 것인데 이것들이야말로 영혼이 갈구하는 대상이 아닐까? 가령 배고픔과 외로움이 뒤섞여 찾아오는 시간("오후 1시에서 3시 사이"가 시인에게는 그런 시간인 듯하다. 일찍이 시인은 "오후 3시에는 어디에나 행복이 없다"고 노래하지 않았던가)이면 우리 마음에 떠오르는 첫사랑의 기억 같은 게 아닐까?(꼭 첫사랑의 기억일 필요는 없겠다. 뭔가 영원한 결핍감을 촉발할 대상이면 된다) 그런 것들은 시에 대한 목마름이 그렇듯 결코 채워지지 않는 성질을 갖고 있다. 명백히 존재함에도 불구하고 "영혼에서 슬픔을 뺀 무게"처럼 물리적인 질량을 갖지 않기에 그런 류의 감상은 효율성이 척도인 사회에서 늘 배제의 대상이 된다(배제의 대상이 되는 이유는 그런 그리움들이 경제적, 물질적인 생산성을 저해하기 때문이다).

낭만적 동경의 태도는 「당나귀」, 「연애」에서도 엿보인다. 당신이 권유하는 현실적 삶(포달스런 늑대의 육식성이나 가벼운 제비의 활공은 현실이 권유하는 삶의 모습일 터이다)에 대한 강력한 거부의 몸짓이나, "저기 먼 곳으로,/ 여기가 아닌 먼 곳", "겨울과 눈과 별자리가 반짝이는 곳"에 대한 강한 끌림은 낭만적 지향성을 드러낸다(「당나귀」의 이미지와 몇몇 구절들은 백석의 시 「나와 나타샤와 흰 당나귀」를 떠올리게 한다. 두 시가 공명하는 가운데 은근한 낭만성이 형성되는 듯하다). 하지만 현실과 조우한 낭만적 동경은 주말 경마에 돈을 탕진하고 빈털터리가 된 월요일의 생활에 비견될 것이다. "마법 같은 게 있다면/ 남은 날들은 모조리 금요일로 바꿔 놓"고 싶지만, 그래서 "당신의 물방울들과 금요일 정오의 정사"를 살고 싶지만, 월요일의 현실은 끝내 찾아오고 현실은 낭만적 꿈을 박살낸다.

그래도 시인은 환영의 그림자를 포기하지 않는다. 「구월의 아침들」은 '너'로 표상되는 환영들이 현현顯現하는 장면들을 보여준다.

> 네가 웃고 있을 때
> 어딘가에서 비둘기가 날 거야.
> 비둘기들은 웃음의 힘으로
> 허공을 나니까.
> (…중략…)
> 이 구월의 아침들 어딘가에
> 네가 웃고 있다는 걸 알았어.
>
> — 장석주, 「구월의 아침들」 일부

이 시의 '너'는 '몸 없는 것의 그림자'의 일환이다. 너의 부재가 명백한 '구월의 아침'에도 화자는 수없이 많은 '너', 아니 네가 보내는

'신호'를 확인한다. 네 존재의 알리바이는 무엇인가? 비상하는 비둘기이다. 비둘기는 웃음의 힘으로 날 수 있는데 비둘기가 나는 걸 보니 네가 웃고 있다는 식의 논리이다. 정신의학적으로 본다면 일종의 망상이다. 하지만 서정적 주체의 상태야말로 망상에 빠진 주체와 비슷한 지경에 있는 것이 아닐까? 관계망상에 사로잡힌 정신분열자가 비인과적인 사태들을 인과의 논리로 해석하는 것처럼, 시적 비전이란 헐거운 상상력의 고리로 우주를 재해석하고 재구성하는 작업일 것이기 때문이다(여기서 '헐거운 상상력'은 과학적으로 보았을 때 그렇다는 것이다). 그러니 한 계절이 끝났다는 것은 자연적 현상이 아니라 일종의 우주적 계시가 된다. 그것은 해석되어 마땅한 "신호"이다.

물풀레 나무 아래서 젖은 몸을 말리는 뱀들이나, 농담같은 아침 7시 뉴스나, 치매에 걸린 늙은 어머니의 긴 손가락은 말없는 사물이 아니라, 들뢰즈의 말을 빌린다면 너로부터 발신된 하나의 '상형문자'이다. '상형문자'를 해독하는 고고학자의 이미지야말로, 사랑에 빠진 자의 가장 적절한 형상이자 영원한 시를 갈구하는 시인의 표상일 것이다. 왜냐하면 그 '상형문자'의 기의를 아무도 알 수 없기 때문이다. 기표만 주어진 '상형문자'를 붙들고 부질 없는 씨름을 벌이는 이 장면은 얼마나 우스꽝스러운가? 하지만 몇 개의 사소한 흔적을 붙잡고 이미 사라진 과거를 재구성하려는 고고학자나, 의심스런 애인의 모든 말을 불신하며 문면 아래의 진실을 추적하는 사랑에 빠진 자나, 가닿을 수 없는 세계의 진실을 언어로 포박하려 애쓰는 시인이나 정력을 낭비하는 자들이라는 점에서 동궤에 놓인다.

그런 점에서 시인은 정말 무용한 자라고 하겠다. 아니, 무용한 게 아니라 해롭다. 열정적 사랑이 그렇듯, 시는 주체로 하여금 효용이나 효율과 무관한 일에 열정적으로 매달리게 하며, 주체를 불균형적인 불안 상태로 몰아가 엉뚱한 삶을 갈구하게 한다는 점에서 위협적이다. 따라서 창작 주체인 시인뿐만 아니라 독자까지 시정적 주체로 감염시키는 시들은 자본주의 공화국에서 추방되어야 할 만큼 위해하다. 왜냐하면 그런 시에 감염된 주체는 일상의 보호막이 균열되는 체험을 하고, 최고의 가치로 여기던 고효율의 생산력이 삶의 진실과 무관함을 불현 듯 깨닫고, 노동과 생산의 손을 멈추게 되기 때문이다. 그래서 좋은 시는 독한 술보다 해롭다. 시의 위해함이 세계의 경영자들에게 알려진다면, 장석주는 자본주의 바깥으로 내쫓기지 않을까? 아니, 그래서 그는 '변방' 머무는지도 모르겠다.

시는 가려움이다
— 유정이 『선인장 꽃기린』

꽃과 상처

유정이 시인의 시집 『선인장 꽃기린』을 펼치니 만개한 꽃들이 눈길을 끈다. 동백꽃, 그늘꽃, 선인장 꽃기린, 붉노랑상사화, 소국! 그런데 시인의 눈이 꽃들의 아름다움보다는 꽃들을 피워낸 고통에 머물러 있다는 점이 흥미롭다.

> 단단히 갖춰 입은 상처를
> 깊은 속울음으로 젓고 있는 중이지
>
> — 유정이, 「동백1」 일부

> 지난 해 피었던 기억을 더듬어

아 아 아 아 아 아
있는 힘껏 꽃잎
벌릴 일만 남았다

— 유정이, 「동백2」 일부

꽃잎보다
더 큰 어둠 껴입은 그늘꽃

— 유정이, 「그늘꽃」 일부

시인은 추위를 이기고 붉은 꽃망울을 터뜨리는 동백꽃을 보며 현상적 아름다움에 감탄하지 않고, 아름다움 뒤편의 '농익은 슬픔', '불길같던 통증', '화기'를 발견해 낸다. 아름다움보다 고통에 시인의 시선이 머무는 까닭은 무엇일까? 그 이유는 시인의 내면이 슬픔에 젖어있다는 데 있을 듯하다. "슬픔으로 절절 끓고 있는 중"인 것, "아직은 내 안이 너무 붉어서/ 세상이 온통 화염"인 것은 꽃의 상태일 뿐만 아니라, 시인의 내면에 대한 반영일 것이기 때문이다. 시인 자신의 고통이 "투닥투닥" 피어나는 꽃의 소리를 상처의 탄식으로 듣게 하지 않았을까라는 추측이다. 하지만 이것을 과도한 감정이입이나 감상성이라고 치부할 수는 없다. 생각건대 나무는 자신의 생生을 잊지 않고 온 몸으로 자기 삶을 기억해내 봄마다 꽃을 피워내고 있는 중일 것이므로. 그렇다면 시인이 피어나는 꽃에서 "아 아 아 아 아 아"라는 절규를 들었던 것은 온당한 반응이 아닐까?

다시 말하면 슬픔에 물들어 있는 시인의 내면이 꽃의 고통을 발견하는 동력으로 작용한다는 설명이, 유정이 시인의 시가 과도한 감상성에 노출되어 있다는 오해를 낳아서는 안 된다는 것이다. 왜냐하면 시인의 슬픔은 근거 없는 감상에 기인한 것이 아니라, 작고 보잘 것 없는 것들에 대한 관심에서 비롯된 것이기 때문이다. "만개하는 울음"(「선인장 꽃기린」)을 발견하는 유정이의 시편들은 시인의 슬픔과 보잘 것 없는 대상이 상호작용을 하며 "깊은 속울음"(「동백1」)을 형성해내는 장면을 확인하게 한다.

> 꽃이란 꽃은 모두 스스로 쥐어짠 상처라는 군
> 꽃이 웃고 있다고 믿는 건 오해라는 군
> 가만히 보면 곧 울어버릴 것 같은 게
> 꽃의 얼굴이 아니냐구!
> 만개하는 울음을 제대로 읽지 못하고
> 서둘러 입을 닫느라 몸에 돋은 가시들
> 그 상처의 소리 들리네
>
> — 유정이, 「선인장 꽃기린」 일부

「선인장 꽃기린」은 꽃과 상처를 연결시키는 시인의 재치있는 상상력을 보여주는 시다. 가시와 꽃을 함께 내밀고 있는 선인장은 화려함 뒤에 가려진 상처와 고통을 환기하기에 적절한 시적 대상이다('꽃기린'은 선인장처럼 가시를 잔뜩 달고 있긴 하지만 선인장이 아니라 다육식물이라고 한다. 무시무시한 가시는 가시관을, 앙징 맞은 붉은꽃은 보혈을 환기하는 까닭에 꽃기린은 '예수꽃'이라는 별명으로 불린다고 한다). 시인은 "꽃이 웃고 있다고 믿는 건 오해"라고 말한다. "꽃이란 꽃은 모두 스스로 쥐어짠 상처"임을 알아챈 때문인데, 그래서 시인은 꽃의 얼굴에서 "가만히 보면 곧 울어버릴 것 같은" 고통을 발견해 내며 "그 상처의 소리"에 귀를 기울인다. 하지만 고통의 발견이 무조건적인 슬픔으로 귀결되는 것은 아니다. 고통에 대한 거리가 가능해질 때 시는 「소국小菊」에서와 같이 삶의 비의秘意를 발견해내는 경탄으로 이어진다.

햇살의
은근한 눈빛이
무늬가 되는 동안

바람이 전하는 푸른 연서
상처로 돋아 오르고 또 아물어 가는 동안

내 안의 내가 아기처럼
칭얼대는 울음으로 당신에게
건너가는 동안

어쩌나!
나 이렇게 벌써 노랗게 익어버렸다

— 유정이, 「소국小菊」 전문

시간의 경과를 의미하는 '동안'은 서정시로서의 이 시의 위의威儀를 더해주는 시어이다. 국화꽃의 개화라는 현상에서 시인이 발견해 내는 것은 시간의 경과와 그것이 시인에게 주는 섬광 같은 통찰이기 때문이다. 시인은 햇살을 닮은 꽃의 빛깔이 아니라, 꽃을 키운 바람이 아니라, 그것을 가능하게 하는 시간에 주목한다. 햇살의 은근한 눈빛이 무늬가 되는 "동안", 상처로 돋아 오르고 또 아물어 가는 "동안", 내 울음이 당신에게 건너가는 "동안"의 시간을 소국과 대등하게 연결한다. 즉 소국은 꽃이 아니라, 이 모든 아픔과 성숙을 담보하고 있는 시간인 것이다. 그래서 꽃에서 시간을 찾아낸 시인은 이렇게 경탄한다. "어쩌나! 나 이렇게 벌써 노랗게 익어버렸다"고.

고통의 공감력

고통에 대한 관심이 시인의 내면에 머물지 않고 외부로 향하게 될 때, 유정이 시인의 시는 자연스럽게 부정적 현실에 대한 비판의 목소리를 띠게 된다.

> 분리수거 강조 기간을 알리는
> 현수막 어깨 한 쪽이 찢겨 있다 바람은 왜
> 덜 아문 상처 근방에서 더 해찰을 부리는 것인지
> 새어나오는 속울음소리 들린다

헐벗은 가지처럼
사과는 얼음을 한 겹
더 꺼내입는다
고쟁이 속 꼬깃거리는 종이돈 몇 장도 곧
바람이 팔랑 집어갈 것이다

— 유정이, 「구름다리나무」 일부

화자의 시선이 밀월동과 신장동을 잇는 구름다리에서 노점상을 하는 '영미 할머니'에게 가닿는다. 나뭇잎이 다 떨어진 계절적 배경, '허리 굽은 구름다리'의 모습은 노점상 할머니의 일상에 현실감을 더한다. "자꾸 비틀리는 무말랭이의 시간을/ 집 없는 새들/ 콕콕 쪼다 간다"라는 구절은 노년의 가난과 쓸쓸함을 효과적으로 제시해 준다. 어깨 한 쪽이 찢겨진 현수막처럼, 할머니의 삶은 어딘가 찢겨져 있으리라. 시인은 보이지 않는 찢겨진 상처를 보았을 것이고, 그래서 "새어나오는 속울음"을 들었을 것이다. 이 시가 더욱 쓸쓸하게 느껴지는 것은 '바람'으로 상징되는 악(사회적이든 현상적이든)이 계속해서 '해찰'을 부릴 것이라는 비극적 전망 때문이다. 노점상에 진열된 사과를 얼려 버릴 겨울이 머잖아 올 것이고, 그러면 "고쟁이 속 꼬깃거리는 종이돈 몇 장도 곧/ 바람이 팔랑 집어갈 것"이라고 시인은 진단한다. "호박나이트 개장기념 안주일체 2만원"이라는 세상 축제와는 무관하게 말이다.

하지만 시인의 장기長技는 부정적 현실에 대한 비판적 시각을 드러낼 때보다는 연민 어린 시각으로 소외된 타인을 보듬을 때 더 빛을 발하는 듯하다. 「구름다리나무」와 마찬가지로 할머니를 등장시키고 있는 다음 두 편의 시에서도 연민의 정서에서 비롯된 강한 공감력이 형성되는 것을 확인할 수 있다.

1

할머니의 무릎 아래에선
언제나 물레 잣는 소리가 났어요
가벼운 몸으로 무거운 생애를 돌리다
때로 덜컥, 멈춰서기도 하던 할머니
물레가 멈추는 것도 모르고
우리는 먼저 잠이 들곤 했지요
머리맡에서
자거라 자거라
얼마나 더 오래 설운 노래를
자았던 것일까요
아침에 눈을 뜨면
하얗게 바랜 할머니 청상의 시간이
성글게 가로 놓여 있었습니다.

— 유정이, 「성구미」 일부

2

여든 다섯,
할머니가 입고 있는 옷 너무 낯설다

검버섯 옷자락 어루만지면
손바닥 닿는 쪽으로 주글주글한 가죽 쓸려온다
몸에서 겉도는 살갗,
남의 옷을 걸치고 계신 거다

— 유정이, 「로보캅 할머니」 일부

1에서 시인은 '싱구미'라는 작은 포구에 찾아간다. 그 마을에 살던 할머니는 이미 세상을 떠난 듯하다. 시인을 맞아주는 것은 "목구멍에 햇볕이 걸려/ 꺼억꺼억 헛구역질 해대는 갈매기", "순한 소리를 잘박, 잘박"내고 있는 파도 소리, 그리고 "아주 오래된 시절"에 대한 기억들이다(시인이 사용하는 의성어가 재미있다는 말을 덧붙이고 싶다. 유정이 시인이 활용하는 의성어들—가령 '꺼억꺼억' '잘박잘박'—은 언어적 조탁을 최소화한 자연스러운 표현이면서도 정확한 의미와 시적 울림을 획득하고 있다). 갈매기 소리와 파도 소리는 "자거라 자거라"라는 할머니의 노랫소리를 재생할 뿐만 아니라, 시인에게 할머니의 "청상의 시간"을 반추하고 이해할 공간을 제공한다.

즉 돌아갈 수 없는 과거인 "수평선 저 편의 시간"이 회상 속에 펼쳐지고, 성인이 된 시인이 어른의 시선으로 할머니의 신산하고 쓸쓸한 삶을 재구성하는 것이다. 어른이 된 시인은 어린 손주들을 재우던 할머니의 자장가가 "설움 홀로 재우던 목소리"였음을 알게 된다. 할머니의 물레질은 "가벼운 몸으로 무거운 생애를 돌리"는 작업이었으며, "때로 덜컥, 멈춰서기도" 했었음을 이제 이해하게 된다. 그러므로 할머니가 밤새 잣던 것은 비단이 아니라 "설운 노래"였고, "하얗게 바랜 할머니 청상의 시간"이었음을 깨닫게 된다.

②의 할머니는 여든 다섯의 나이에 치매에 걸려 있다. "애면글면 업어 키웠던 손주들"을 몰라보고 "댁들은 뉘시유"라고 묻는 할머니를 시인은 담담하게 묘사하고 있지만, 객관적인 묘사 안에는 무상하고 냉혹한 시간에 대한 안타까움이 가득하다. "여든 다섯,/ 할머니가 입고 있는 옷 너무 낯설다"라고 말하며 낯설어진 대상에 대한 회한을 "스을쩍" 개입시키고 있기 때문이다. 이처럼 유정이의 시는 주변적인 것의 고통에 대한 눈여겨봄에서 출발하여, 작고 보잘 것 없는 것들에 대한 공감의 정서를 획득하는 데로 나아간다.

회전문과 후박나무

자신의 일상에 주목하는 유정이 시인의 시에서 자연스럽게 발견되는 것은 여성성이다. 생물학적 성性이나 주부로서의 일상은 개인의 실존적이고 존재론적 터전이므로, 시에서 '여성'으로서의 자아가 등장하는 것은 자연스런 현상이다.

①
온화한 앞치마에
젖은 손을 닦으며

드디어 여자들의 연주는 시작된다

— 유정이, 「부엌을 주세요」 일부

2

시대의 용기는 되지 못하고
그저 조각난 시간이나 녹여 끓이는
값싼 그릇으로 부뚜막을 지키네

— 유정이, 「동백1」 일부

3

어디로든 나갔다 생각했는데
둘러보니 부엌이었다

— 유정이, 「불쑥, 불혹」 일부

위의 시들처럼 시인의 상상력은 자주 부엌이라는 공간과 연결된다. 2에서 시인은 고통의 시를 담아내는 시인의 작업을 부뚜막을 지키는 '값싼 그릇'에 비유한다. 시인 자신의 시작詩作이 '시대의 용기'는 되지 못하며 "그저 조각난 시간이나 녹여 끓이는/ 값싼 그릇"일 뿐이라고 겸손하게 말한다. 부뚜막을 지키는 '값싼 그릇'이라는 은유가 진솔하게 느껴지는 것은, 이 표현이 생활의 구체성을 반영하고 있기 때문일 것이다. 하지만 여성의 삶이 부엌에서 구체성을 획득한다는 말은, 여성으로서의 삶이 부엌을 벗어나기 어렵다는 전제를 포함하고 있는 것이 아닐까?

그래서 부엌의 상상력을 보이는 시인의 시편들은 종종 숙명성이나 갇힘의 이미지를 동반하기도 한다. [3]에서 시인은 "어디로든 나 갔다 생각했는데/ 둘러보니 부엌이었다"고 털어 놓는다. 관습적 일상(엄마나 아내, 주부의 역할 같은 것)이라고 불리는 것들은 오랫동안 걸쳐온 옷과 같은 것인지도 모르겠다. 지겹고 답답하지만 너무 익숙해져서 버릴 엄두도 내지 못하는 것들이 아닐까? "오래 입은 옷들"(「불쑥, 불혹」)과도 같은 일상과 관습을 떨쳐 버리는 건 거의 불가능하리라. 그래서 일상적 삶은 "돌아봐야 서울-평택-안성-장호원, 지름 백오십 여리 밖에 되지 않는 길 반생의 노역"(「돈다」)과 비슷한 꼴인지도 모르겠다.

엄마가 조용히 하라고 해서 조용히 했습니다
아버지도 조용히 있으라 해서 조용히 있었습니다
선생님이 더 조용히 하라 해서 다시 그렇게 했습니다
애인도 계속 조용히만 있으라 해서 줄곧 조용히만 있었습니다
남편이 매일매일 조용했으면 좋겠다 해서 매일매일 그렇게 했습니다
(…중략…)
그러고 나니 갑자기 조용히 있고 싶지 않았습니다
조용히 하면서 보낸 생의 반나절 이제부터는 조용하지 말자 결심했습니다
그런데 나도 모르게 자꾸 조용히만 하는 겁니다

— 유정이, 「조용히 하라고 해서」 일부

시인을 둘러싼 모든 권위자들(엄마와 아버지, 선생님과 애인, 그리고 남편)은 "조용히 하라"고 명령한다(생각해 보면 권위적인 어른들은 왜 그다지도 자주 '조용히 하라'고 명령했던 것일까). '조용히'라는 말은 단순한 요청이 아니다. 그것은 권위에 대한 복종을 뜻하며, 굴복하지 않는 삶에 대한 경고를 포함하고 있을 것이다. 문제는 시인이 갑자기 조용히 있고 싶지 않게 되었으며, "생의 반나절 이제부터는 조용하지 말자 결심"하게 되었다는 것이다. 이 결심은 일종의 반항이자 반란이다. 하지만 조용히만 살았던 탓에 "나도 모르게 자꾸 조용히만" 하게 되는 데 진정한 비극이 있다. 시인은 자신의 처지를 "나도 모르게 조용 속에 꽁꽁 갇"힌 형국에 빗댄다. 시인을 꼼짝 못하게 붙잡고 있는 숙명적 현실은「회전문」에서 갇힘의 이미지로 변주된다.

나가려고 몸 밀어 넣었는데 아뿔사
골똘해진 유리문 속에 그만
갇히고 만다 엉키고 엉켜 후다닥
너를 밀고 나가기 쉽지 않다

— 거기 후박나무 하나 서 있다

재게 마음을 빼야겠는데
생각의 왼다리, 오른 검지손이
말을 듣지 않는다 네 안에서

혼자 일으키는 바람, 날리는 옷자락에
줄곧 걸려 엎어진다
수없이 많은 문을 들고 났으나
오오, 너라는 미궁
빠져나가지 못하고 뱅뱅 돈다

— 거기 아직 후박나무 하나 서 있다

입 안의 네가 다 마를 때까지
돌고 돈다 간신히 너를 밀고
재빨리 빠져나오는 문
그러나 디딜 곳 없는 허방이다

— 거기 후박나무 하나 사라지고 없다

어느새 낭떠러지다

— 유정이, 「회전문」 전문

회전문은 일상적 삶에 갇힌 시적 자아의 처지를 은유한다. "어디로든 나갔다 생각했는데 둘러보니 부엌"(「불쑥, 불혹」)이었던 것처럼, 시인은 회전문 안을 뱅글뱅글 돌고 있다. 그런데 "너를/ 밀고 나가기 쉽지 않다"의 '너'는 누구인가? 그것은 "나라고 믿는 나와 배반하는 나/ 귀환하는 나와 도주하는 나/ 승선하는 나와 탈주하는 나/ 편입하려는 나와 전복하려는 나"(「두 개의 바퀴가 돌고 있다」)에서처럼 분열된 자아의 모습일 수 있다. 그것은 '조용히 하라'고 명령하는 권위적 주체나 완고한 일상으로도 해석가능하다. 어떻게 해석하든 시인은 "너라는 미궁/ 빠져나가지 못하고 뱅뱅" 돌고 있는 것이며, 이는 강력한 현실의 인력引力을 증명하는 것이다.

또 하나의 질문은, 회전문 밖에 서있는 "후박나무 하나"의 정체가 무엇인가라는 것이다. 그것은 "당신이 사는 카시오피아"(「별자리 카시오피아」)처럼 시인에게 희원의 대상이 되는 이상향이며, 잠자고 있는 혀를 갈아주고 "말의 옥문 좀 열어"(「조용히 하라고 해서」)줄 구원의 주체일 수 있다. '그'라는 인물로 변주되기도 하는 '후박나무'의 의미는 종국에는 시로 귀착된다. 물론 "거기 후박나무 하나 사라지고 없다/ 어느새 낭떠러지다"라는 구절은 시적 구원의 지난함을 암시하는 것이겠지만, 시인은 시를 통한 구원의 열정을 포기하지 않는다.

가려움의 시

「돈다」「조용히 하라고 해서」「불쑥, 불혹」 등에서 갇힘의 이미지가 주조를 이룬다면, 「창窓」에서 전경화되는 것은 창 너머로 달려가는 열림의 이미지이다.

얼마나 흐른 것일까

그를 향해 열어놓은 창의 시간
나가서 돌아오지 않는
마음이 있어

— 유정이, 「창窓」 일부

한 편의 연애시로 읽어도 무방한 이 시에서 화자는 "그가 존재하는 힘으로/ 화들짝 열려 있던" 날들을 추억한다. 대상에 대한 사랑은 화자로 하여금 "언제나 소리가 많이 나는/ 신발을 끌고" 오는 그의 발소리에 귀를 기울이게 하며, 외출을 하거나 낮잠에 빠질 때조차 "나를 쾅쾅 닫아 걸 수 없"게끔 한다. 사랑은 대상을 향한 마음의 창을 활짝 열도록 강제하는 것, 창을 닫을 수 있는 의지를 박탈하는 것에 다름 아니지 않을까? 배겨낼 도리가 없는 강제력을 행사한다는 점에서, 어찌할 수 없는 사랑은 가려움증과 닮아있다.

1

자리에 들지 못하고
검은 그림자로 밤바다를 기웃거리는
거룻배, 바다가 긁어 놓은
딱지 앉은 상처 같다

그는 날마다 나를 가려워했다
언제나 날 순 손톱으로 나를

벅벅, 긁어댔다
후경으로 흐릿하게 떠 있던
내가 누군가의
가려움이 될 수 있다는 것을
상상하지 못했다.

— 유정이, 「밤바다에, 거룻배가 떠 있다」 일부

2

까맣게 딱지 앉은 하지동맥 같은 골목,

— 유정이, 「수정판 정밀 도로지도」 일부

3

얼굴 안쪽
검은 갈기 새운 채 날뛰던
말들이 잠들어 있다
말들의 등 오래 만진다
숨소리가 마치 오래된 집의 기둥처럼 둥글다

울음의 안쪽
일용할 울음 기다리는
말들의 수런거림 간질간질하다

— 유정이, 「그녀가 분노를 처리하는 방법」 일부

1에서 바다 위의 거룻배는 "딱지 앉은 상처"에, 2에서 도로지도

위의 골목길은 "까맣게 딱지 앉은 하지동맥"에 비유된다. 이 비유에는 바다의 그리움이 거룻배라는 상처 딱지를 만든 게 아니냐는 상상력이 들어있다. 바다는 그리움을 참을 수 없어서 제 몸을 벅벅 긁다가 거룻배라는 검은 상처 딱지를 만들었고, 그리움에 분주한 발걸음은 상처 딱지처럼 생긴 골목길을 만들었다는 것이다. 그러므로 "그는 날마다 나를 가려워했다"는 말은 '그는 날마다 나를 그리워했다(혹은 나는 날마다 그를 그리워했다)'는 말로 해석된다. 그리움은 가려움과 등가의 의미를 가지며, 참을 수 없는 가려움은 한 편의 시로 완성된다.

3의 시는 울음과 분노가 한 편의 시로 승화되는 과정을 보여준다. 화자에게 "울음"은 "넘어가지 않는 밥"과 같다. 그것은 "고통의 밥"이며 분명 소화불량을 일으킬 듯하다. 하지만 화자는 "고통의 밥"을 목구멍으로 우겨넣고 그것을 "일용할 울음"으로 소화시킨다. 신기한 것은 고통의 밥을 삼키면 "검은 갈기 새운 채 날뛰던/ 말들이 잠들"게 된다는 것이다(여기서 '말'은 두 가지로 해석된다. 걷잡을 수 없는 분노를 이미지화 한 말馬과, 그 분노의 표현으로서의 말言). 이것은 화자가 "말들의 등"을 오래 어루만졌기 때문이 아닐까? 간질간질한 가려움증을 유발하는 "말들의 수런거림"이 시인의 내면에 차오르면 시인은 참을 수 없어서 피가 나도록 긁어댈 것이다. 그러면 가려움(그리움)의 진원지는 하나의 딱지 앉은 상처를 남기고 거기에서는 한 편의 시가 피어난다.

“부랑의 운명”, “유목의 꿈”(「모래 바람이 불었다」)은 시인의 천분天分을 타고난 자들에게 어찌할 수 없는 운명이다. 천생 시인인 사람들은 “그 남루한 시詩를 이고 지고” 가려움에 몸서리치며 몸을 긁어댈 것이며, 유정이 시인 역시 그들 가운데 한 명임에 분명하다. 그리운 가려움을 유발하는 한 편의 시를 읽으니 “피가 나도록 종일 긁어내던” 상처의 시간들이 떠오른다. 『선인장 꽃기린』에 담긴 시들을 읽으니 꽃샘 추위 속에서 유난히 예쁘게 피어난 벚꽃이 예사롭지 않게 보인다. 저 꽃들은 그리움의 기억이었군! 사랑도 시도 가려움이었군! 문득 깨달아진다.

백일홍 피려는지 목울대가
자꾸 가려웠다
쭈뼛거리는 가려움증이
얼굴을 붉히며 올라온다
혼자 흘려보내는
오후가 저리 붉은 건
피가 나도록 종일 긁어대던
그리움 탓이다

— 유정이, 「시」 전문

시가 건네는 질문들
— 이승훈과 정끝별의 시에 부쳐

이승훈, 정끝별 두 시인의 신작시들이 앞에 놓여있다. 두 시인은 연령대도 다르고, 지향하는 시적 경향에서도 차이가 난다. 하지만 열정의 강도라는 점에서 보자면 두 시인의 시작詩作은 묘하게도 비슷한 느낌을 만들어낸다. 아마 두 시인이 새로운 시를 쓰는 일에 치열했을 뿐만 아니라, 또한 자기 시세계를 입증하는 이론화 작업에도 부지런한 작가들이기 때문인 듯하다. 이 글은 시인들의 신작시가 독자인 나에게 던져온 질문들, 그것이 형성한 마음의 파문들에 대한 짧은 메모이다.

1. 선문답

이승훈의 세 편의 신작시에서 흥미로운 부분은 시편들에서 타자의 흔적이 발견된다는 사실이다. 먼저 「진눈깨비」를 보자.

> 겨울 오전 주방에서 그릇 닦는다. 창밖엔 진눈깨비 진눈깨비 두리번거리며 내리는 진눈깨비. "나도 밥 좀 주시오." 얼굴을 유리창에 대고 중얼대는 진눈깨비. "조금만 기다려요." 그러나 진눈깨비 기다리지 않고 떠나네.
>
> — 이승훈, 「진눈깨비」 전문

이 짧은 시에서 유추할 수 있는 상황은 다음과 같다. 계절은 겨울이고 밖에는 진눈깨비가 내린다. 시의 화자로 짐작되는 누군가가 집의 주방에서 그릇을 닦고 있다. 화자는 엉뚱하게도 창밖에 내리는 진눈깨비의 모습에서 "나도 밥 좀 주시오"라는 중얼거림을 듣는다. 아마도 추운 겨울 창밖의 흘러내리는 진눈깨비의 형상이 동정과 연민을 빚어내는 형상으로 보인 듯하다. 진눈깨비의 중얼거림에 화자는 "조금만 기다려요"라고 답한다.

하지만 화자와 진눈깨비의 대화는 더 이상 이어지지 않게 된다. 진눈깨비가 기다리지 않고 떠났기 때문이다. 그러나 이 시를 읽으며 이러한 시적 상황은 중요하지 않을 수도 있다. 결국 시가 남기게 되는 것은 장면과 풍경 위로 솟아오른 대화 자체이다. 지극히 간단하지만 상당히 황당한 대화. 그런데 '진눈깨비: 나도 밥 좀 주시오. 화자: 조금만 기다려요.'라는 짧은 대화는 대화가 무엇인지에 대하여 사유할 틈을 만들어준다. 엄밀히 말한다면 이건 주고 받는 말, 대칭적인 대화가 아니다. 왜냐하면 상대방에 대한 일방적인 요청만이 말해진 것이기 때문이다. 그런데 창이라는 장벽을 통과하지 못한 대화라는 점에서는 이 대화는 부정적이지만, 자기화하려는 의지가 부정된다는 점에서는 긍정적이라고 볼 수 있다. 「제가 가방 들어 드릴게요」라는 시에도 선문답 같은 대화가 들어있다.

> 힘든 강의 마치고 인문관 나올 때 등나무 아래 앉아있던 지선이가 일어나 "제가 가방 들어 드릴 게요." 인사하네. "괜찮아. 가방이 없으면 불안해서." 그는 따라오며 "제가 바래다 드릴 게요." 말한다. "괜찮아." 그래도 그는 웃으며 따라온다. 우린 저녁 햇살 밟고 인문관 언덕을 내려간다. 시계탑 지나 본관 지나 한양대 지하철 입구. 그는 "선생님. 안녕히 가세요." 말하고 다시 오던 길로 돌아간다.
>
> — 이승훈, 「제가 가방 들어 드릴게요」 전문

자연물에 불과하던 '진눈깨비'는 이 시에서 '지선이'라는 이름을 얻게 된다. 그리고 화자의 정체도 좀 더 분명해진다. 그는 아마도 지선이라는 학생을 가르치는 교수인 듯하다. 힘든 강의를 마치고 건물을 나서는 화자에게 지선이가 "제가 가방 들어 드릴게요"라고 말을 건넨다. 하지만 화자는 "괜찮아. 가방이 없으면 불안해서"라고 답한다. 다시 그녀는 "제가 바래다 드릴게요"라고 말하며, 화자는 다시 "괜찮아"라고 거절한다. 부드러운 거절에도 불구하고 그녀는 지하철 입구까지 따라와 "선생님. 안녕히 가세요"라고 인사를 하곤 다시 오던 길로 돌아간다. 요청의 형식을 취한 그녀의 말들은 화자에 의해 정중하게 거절된다. 즉 화자의 가방은 지선이에게 건네지지 않았고, 둘의 동행이 이루어지긴 하지만 그건 화자의 동의를 얻어내지 못한 동행이다. 진눈깨비와 화자의 대화가 불가능해지고 진눈깨비가 떠나버리는 것처럼, 지선이와 화자의 대화는 이루어지지 못하고 그녀가 다시 오던 길로 돌아간다. 이 시에서도 시적 상황보다 우세한 것은 불완전한 대화이다. 그 떠도는 말들은 두 존재 사이의 지워지지 않는 거리와 간격을 암시하는 한편 역설적으로 어떤 따뜻한 공감대를 형성해 내기도 한다. 「현리」에서는 직접적인 대화는 부재하지만, 대화의 기능을 대신하는 미소가 등장한다.

> 현리에 버스가 선다. 눈발이 그치고 해가 난다. 시린 햇살 아래 마른 북어 두부 파 고사리 산나물 펴놓고 시골 사람들이 물건을 판다. 현리가 어딘지 나도 모른다. 버스가 떠난다. 버스는 현리 지나 산 아래 작은 절 마당에 선다. 아내 동서 호준이와 함께 내린다. 절 이름도 모르고 겨울 오후 마당 지나 법당으로 간다. 법당에서 스님이 웃으며 나오신다.
>
> — 이승훈, 「현리」 전문

앞의 두 시와 달리 이 시에는 타자와의 직접적인 대화는 등장하지 않는다. 대신 화자가 '나'라고 분명하게 제시된다. 화자 일행이 탄 버스가 현리라는 마을에 잠시 멈추어선다. 하지만 '현리'라는 그곳이 어디인지 모르기 때문에 현리는 의미를 갖지 못한 단지 이름일 뿐이다. 화자는 현리 장터의 모습에 잠시 눈길을 준다. 눈이 그치고 햇살이 내리 쬐이는 그곳에는 아마 장이 선 듯하다. 시골 장터에는 마른 북어, 두부, 파 등의 잡다한 것들이 놓여져 있다. 장터 앞에 잠시 멈추었던 버스는 다시 달려서 어느 절 마당에 들어선다. 화자는 절의 이름을 알지 못한다. 절의 고유명사가 없으니, 현리라는 지명과 반대로 이 절은 이름없이 의미만으로 존재하는 형국이다. 그때 법당에서 스님이 웃으며 나온다. 스님의 웃음에 내포된 질문은 무엇이었을까? 그건 진눈깨비가 던졌던 "나도 밥 좀 주시오"라거나 지선이가 건넸던 "제가 가방 들어 드릴게요", "제가 바래다 드릴게요"라는 요청일지도 모른다. 하지만 두 존재가 각각 자기의 길로 돌아섰던 앞의 두 시와 달리, 이 시에서 스님과 나가 헤어지는 장면이 나오지 않는다. 거꾸로 두 사람이 만나는 장면으로 시는 끝난다. 그렇다면 스님의 웃음(미소)이야말로 불완전하고 불만족스런 대화를 대체할 만한 강력한 어떤 것이 아닐까? 이처럼 이승훈의 시들은 요령부득한 대화를 시의 전면에 부각시켜, 독자로 하여금 말(대화)에 대하여 사유할 공간을 마련해준다.

2. 나와 너의 관계론

정끝별의 시 「저물녘의 어깨」에는 숱한 나와 너의 엇갈림이 등장한다. 나와 너의 관계는 4가지 경우의 수 가운데 어느 하나이게 마련이다. 첫째는 나와 너가 동시에 존재하는 경우, 둘째는 나는 존재하는데 너가 존재하지 않는 경우, 셋째는 나는 존재하지 않는데 너가 존재하는 경우, 넷째는 나도 존재하지 않고 너도 존재하지 않는 경우. 현실적으로 따진다면 첫 번째의 경우만이 진짜 만남이라고 인정될 수 있다. 나와 너 가운데 어느 하나가 존재하지 않는 경우, 혹은 두 존재가 서로를 알아보지 못하는 경우는 만남이 되지 못할 것이다. 가령, A라는 동일한 장소에 머물더라도 두 사람이 다른 시간에 그곳에 있게 된다면 그건 만남이 아니다. 즉 두 사람이 동일한 장소와 동일한 시간을 공유해야만 만남은 성립된다. 확률로 말하면 만남은 4분의 1의 가능성이다. 그런데 이런 의문이 든다. 나머지 4분의 3을 과연 비非—만남이라고 정의내리는 것이 정당한가라는 질문말이다. 나와 네가 조금 이르게, 조금 늦게 만났다고 말할 수는 없을까? 혹은 만났지만 나와 네가 서로를 알아보지 못한 것이라고 말할 수는 없을까?

내가 본 "창경원 코끼리의 짓무른 눈꺼풀"을 너도 봤을 수 있고, 내가 잡았던 "205번 버스 손잡이"를 네가 잡았을 수도 있으며, 내가 "2호선 전철에서 잃어버린 내 난쏘공"을 네가 주워 읽었을 수도 있다. "네가 앉았던 삼청공원 벤치,/ 내가 건넜던 대학로의 건널목,/ 네가 탔던 동성택시,/ 내가 사려다만 파이롯트 만년필,/ 네가 잡았던 칼국수집 젓가락,/ 내가 전세 들고 싶었던 아현동 그 집……"에 대해서도 우리는 동일한 추측을 할 수 있다. 즉 현실세계에서 인정되지 않는 4분의 3은, 그러니까 존재하지 않는 영역이 아니라 가능성의 영역이라고 말할 수 있다. 그렇다면 왜 잠재적 가능성은 현실적 만남으로 실현되지 못했던 것일까? 그건 필연이자 우연의 문제이다.

> 신성한 시계공은 왜 그때 깜빡 졸았을까
> 열쇠수리공은 하필 그때 열쇠를 잃어버렸을까
> 도박사는 하필 바로 그때 패를 잘못 읽었을까
> 아뿔싸 이브는 왜 하필 바로 그때 사과를 건넸을까
>
> 너 있고 나 없어 너 없고 나 있어
> 시작되지 않는 수많은 이야기들
> 허구 가득한 불구의 수많은 끝은
> 어느 생에서 다 완성되는 걸까

— 정끝별, 「저물녘의 어깨」 일부

'시계공' '열쇠수리공' '도박사' '이브'는 행위의 결정자로 볼 수 있다. 어떤 의미에서 신적神的인 위치를 차지하고 있는 이 결정자들은 깜빡 졸거나, 열쇠를 잃어버리거나, 패를 잘못 읽는 실수를 하는데, 그때 4분의 3의 세계는 닫히게 되고, 4분의 1의 세계로 향하는 문이 열리게 된다고 할 수 있다. 현실주의자라면 4분의 1의 세계에 뿌리를 내려야겠지만, 몽상가에 가까운 사람들은 이미 불가능해진

4분의 3의 그 잠재적 가능성의 영역을 자꾸만 기웃거린다. 그러므로 그 "시작되지 않는 수많은 이야기들/ 허구 가득한 불구의 수많은 끝"은 몽상가들에 의해 완성되어 가고 있는 중이라고 할 수 있다. 현실세계에서 인정되지 못하는 영역, 즉 가능성으로 존재하는 세계에 대한 지향은 지금의 나와는 다른 존재에 대한 지향을 내포한 것이라 할 수 있다. 다른 존재가 되기 위해서는 지금의 나를 잊어야 한다는 점에서, 다른 존재에의 지향은 망각을 요청한다. 그리고 다른 존재, 다른 생을 꿈꾼다는 것은 몽환적 달콤함을 가져다 주기도 하지만, 동시에 죽음을 향한 충동에 노출될 위험도 가지고 있다고 볼 수 있다.

그런데 넘치는 주체, 넘고 싶은 주체는 과연 어디로 가고 싶었던 것일까? 넘쳐서라도 넘어가고 싶은 '너'가 "필름이 끊기도록 술을 마시는", "담배나 양귀비꽃을 입에 무는" 이유, "치익 손목에 성냥을 그어보는", "연체된 생을 푸른 알약처럼 삼켜보는" 까닭은 무엇일까? 아니, 자기를 넘어서는 그 행위들을 통해서 어디로 가고 싶었던 것일까? 시인은 잠재적 가능성으로만 존재하는 불가능, 비존재로서의 4분의 3의 영역을 암시하는 듯하다. 그곳은 "여기를 넘어 여기 아닌 저기 너머로/ 너를 넘어 너 아닌 너 너머"이며, 거기는 자기를 넘어서고 싶은 욕망이 있다는 것조차 '망각'할 수 있는 곳이다. 그리고 거기는 "어제 그제에 정거한 너의 오늘"이라는 구절이 상징하는 바와 같이, 과거('어제 그제')와 현재('오늘'), 현실(진짜 존재하는 것)과 가능성(있을 수 있으나 사실 없는 것)의 경계가 무화되는 지점이다. 그리고 그곳은 죽음의 세계이기도 하다("북쪽 끝 종점", "다비의 불더미", "치익 손목에 성냥을 그어보는 것", "연체된 생을 푸른 알약처럼 삼켜보는 것", "여행을 끝낸 마지막 눈꺼풀의 위도" 등등의 죽음이나 환각의 이미지가 시에는 많이 등장한다).

「묵묵부답」에는 세 사람의 발화가 등장하는데, 결국 그 질문과 답변이 겨냥하는 최종 목적지는 죽음이다. 여섯 살의 딸이 묻는다. "죽을 때 죽는다는 걸 알 수 있어?/ 죽으면 어디로 가는 거야?/ 죽을 때 모습 그대 죽는 거야?/ 죽어서도 엄마는 내 엄마야?"라고. 마흔 넷의 '나'는 시에게 묻는다. "입맞이 싫증나도 사랑은 사랑일까/ 반성하지 않는 죄도 죄일까/ 깨지 않아도 아침은 아침일까/ 나는 나로부터 도망칠 수 있을까"라는 질문들도 결국 광의의 죽음과 관련되어 있다. 여든 다섯의 아버지가 남긴 유언은 이러하다. "덜 망가진 채로 가고 싶다/ 더 이상 빚도 없고 이자도 없다/ 죽어서야 기억되는 법이다/ 이젠 너희들이 나를 사는 거다"라고. 세 사람의 발화는 죽음에 대한 공포, 죽음 이전까지 빚처럼 짊어져야 하는 삶의 무게에 대한 막막함을 표현해 주고 있다. 아마 이런 막막하고 두려운 질문들은 갚을 수 없는 부채처럼 인생을 무겁게 짓누르고 있는지도 모르겠다.

시인은 여섯 살 딸의 질문을 '나무의 말', 마흔 네 살 시인의 질문을 '물의 말', 여든 다섯 아버지의 유언을 '흙의 말'이라고 했다. 나무에서 물로, 물에서 흙으로, 다시 흙에서 나무로 에너지가 흘러 가듯이 질문과 답변은 이어지며, 그래서 "이제 너희들이 나를 사는 거다"라는 아버지의 말은 현실화 되는지도 모르겠다. 그 '나무→물→흙'으로 이어지는 연속성이 일회적으로 단절되는 것이 아니라, 계속하여 순환되리라는 암시가 삶과 죽음의 막막한 공포를 조금이나마 위로해 주는 듯하다.

2부

임옥인의 삶과 문학
— 임옥인론

1. 서론

임옥인의 공식적인 작가활동은 1939년 8월 《문장》지에 「봉선화」가 추천되면서 시작되었다.[1] 결혼을 앞둔 여주인공의 내면심리를 묘사한 「봉선화」를 시작으로 해방 전까지 《문장》에 5편의 소설을 발표하였다. 문학잡지의 폐간으로 몇 년 동안 휴식기에 접어들었다가 해방 이후 다시 왕성한 창작활동을 펼친다. 단편소설이 90여 편, 장편소설이 13편, 그리고 10여 권에 이르는 수필집을 남겼으니 왕성한

1) 《문장》에 소설을 발표하기 이전에도 임옥인은 시를 신문이나 잡지에 투고한 바 있었다. 일본 유학 중이던 1933년 《조선일보》(편집국장 이광수)에 「아침화로」라는 제목의 시를 싣기도 했고, 1935년 시잡지 《시원》과 1936년 월간지 《여성》에 시를 투고하기도 하였다. 하지만 본격적인 창작활동은 《문장》에 세 편의 소설이 추천 · 완료되면서 시작되었다고 할 수 있다.

창작활동이라는 말이 과장은 아니다. 하지만 출세작인『월남전후』가 문학사에서 간혹 언급될 뿐이며, 임옥인 문학에 대한 연구자들의 관심이나 문학사적 평가는 소략한 편이라고 할 수 있다.

임옥인 문학에 대한 관심이 상대적으로 소홀하게 된 이유는 다음의 세 가지로 정리된다. 첫째, 유명 작가 중심의 문학연구 풍토에 원인이 있다. 여성문학사적 관점이나 전후문학사의 입장에서 작가와 작품을 유형화하는 경우, 대표적인 작가 중심의 서술이 불가피하게 된다. 그리고 유명 작가 중심의 서술이 반복 · 재생산되는 과정에서 전형성을 띠지 못하는 작가나 작품이 소외되는 결과가 초래된다. 당대의 전체적인 문학의 지형도를 재구성하는 데 한계가 있을 수밖에 없는 대표작가 중심의 연구 경향은 지양되어야 하며, 이제까지 군소작가로 치부되어온 작가들에 대한 연구가 본격적으로 이루어질 필요가 있다.

둘째, 여성작가라는 제약이다. 가령, 1950년대는 손소희, 박화성, 한말숙, 임옥인 등 다수의 여성작가가 활발하게 작품을 발표한 시기였다. 그럼에도 불구하고 전후문학연구가 손창섭, 장용학, 김성한 등 남성작가에게로 편향되었던 것은 남성작가 중심의 문학사 기술의 양상을 입증해준다. 그런데 남성중심으로 치우친 기존 문학사에 대해 비판적 입장을 취하고 있는 여성문학연구에서도 임옥인의 소설이 부정적으로 평가된다는 점은 아이러니한 사실이다. 이는 가부장제 질서에 대해 모호한 입장을 취하고 있는 임옥인의 문학이 여성문학연구자들의 입장에서 퇴행적인 것으로 보여진 데서 시작된 결과일 것이다. 하지만 임옥인이 조형한 여성인물을 수동적이고 구시대적인 여성으로 재단하는 것은 성급한 판단이며, 여성주의적 관점에서의 임옥인 문학에 대한 부정적 평가 역시 재고될 여지가 있다고 하겠다.

셋째, 임옥인의 문학이 기독교적 교훈주의에 함몰되었다는 편견이다. 임옥인 소설에 직간접적으로 드러나는 종교적 신념이 보수주의나 반공주의와 결탁되는 문제를 노출할 뿐만 아니라, 당위로 제시되는 주제의식이 서사적 긴장을 떨어뜨리는 요인으로 작용한다는 지적이다. 그러나 기독교적 주제의식이 직접적인 드러나는 경우는 몇몇 장편소설에 국한된다. 물론 단편소설에서도 기독교 정신이 작품의 기조를 이루고 있는 것이 사실이나, 그것은 보편적 사랑이나 연민으로 간접화되어 오히려 서사적 탄력을 높이는 동력으로 작용한다고 볼 수 있다. 뿐만 아니라 기독교주의와 관련하여 임옥인 문학을 평가절하는 것은 다양한 현실문제에 관심을 두었던 1950, 60년대의 임옥인 소설을 간과한 판단이라고 하겠다.

『월남전후』의 창작방법인 '수기'라는 형식에서 확인되듯이, 임옥인은 자신을 둘러싼 현실의 문제를 사실에 가까운 목소리로 재현하고자 한 작가였다. 또한 그녀는 등단 초부터 '여성'작가로서의 자의식을 분명히 하고 여성의 세계를 그리려한 여성작가였다. 그리고 분단과 전쟁, 가난과 고독의 현실에서 자신의 신앙을 포기하지 않고 그 믿음을 자신의 삶과 문학에서 실천하려했던 기독교 문인이었다. 그러므로 임옥인 문학의 전모는 전후문학사의 관점, 여성문학사의 입장, 그리고 기독교문학의 시각이라는 세 가지 틀을 동시에 염두에 두어야 파악가능하다고 말할 수 있다. 어느 하나의 관점만을 독단적으로 적용한다면, 임옥인의 문학은 함량미달의 것으로 평가받을 가능성이 크다. 하지만 하나의 기준에서 아쉬움을 남긴다는 것은, 역설적으로 임옥인의 문학세계가 하나의 관점으로 수렴되지 않는 다성화 된 목소리를 가졌다는 뜻이기도 하다.

2. 본론

(1) 작가의 생애

임옥인은 1911년 음력 6월 1일, 함경북도咸鏡北道 길주군吉州郡 장백면長白面에서 아버지 임희동林熙東과 어머니 마몽은馬蒙恩 사이의 2남 1녀 중 장녀로 태어났다.[2] 여자는 보석같이 숨어 살아야 한다는 증조

2) 임옥인의 출생 연도는 작품집에 실린 연보마다 조금씩 다르게 기재되어 있다. 출생연도가 출판사의 연보마다 다르게 기재된 것은 임옥인의 실제 생일과 호적이 불일치하는 데서 초래된 혼란이다. 작가의 수필에 따르면, 원래 생일은 1911년 음력 6월 1일인데 생년월일과 이름이 호적에 잘못 기록되었고 그 사실을 상급학교에 진학할 때까지 몰랐다고 한다. 작가가 스스로 자신의 생년월일을 밝히고 있는 점, 남편 방기환이 12살 연하라는 사실 등을 참고로 하여, 작가의 출생년도는 1911년으로 바로 잡는 것이 옳다(임옥인, 『나의 이력서』, 정우사, 1985, pp.14-15).

부님의 신조에 따라 '은옥隱玉'이라고 불렸는데, 어찌된 영문인지 호적에 '옥인玉仁'이라고 기재되었던 탓에 옥인이란 이름을 갖게 된다. 아버지는 일찌감치 상투를 잘라버리고 늦은 나이에 중학에 입학할 만큼 개화열이 높은 '개화꾼'이었고, 어머니는 자식에 대한 사랑이 지극한 분이었다. 임옥인은 경제적으로는 궁핍했지만 정서적으로는 풍요로운 유년시절을 보낸다. 가족들의 따뜻한 관심과 사랑을 받으며 성장했기 때문인데, 어린시절 체험한 정서적 풍요로움은 이후 작가의 긍정적이고 적극적인 삶의 자세를 형성하는 자양분이 되었다. 특히 수필 곳곳에서 어머니의 곡진한 사랑과 어머니에 대한 그리움을 확인할 수 있다.

작가의 이상주의적인 면모, 지식에 대한 욕구는 아버지에게서 물려받은 유산이다. 임옥인은 일제시대 일본 유학을 다녀온 보기 드문 재원이지만, 집안의 경제적인 원조를 받으며 유학생활을 했던 것은 아니었다. 이상적이나 적응력이 부족했던 아버지, 첫째 오빠의 불행한 죽음, 둘째 오빠의 신체적 불구 등으로 집안에서 경제적 지원을 받기는 어려웠다. 하지만 배우고 싶다는 열망은 열악한 환경에서 공부를 계속할 수 있는 길을 열어주었다. 야학에서 한글을 깨친 어린 임옥인은 학교에 가고 싶은 마음에 어른들의 허락도 받지 않고 무작정 학교에 찾아갔다. 완고한 증조부의 반대에 부딪히자 집에 돌아가지도 못하고 학교 선생님들의 사택을 전전하기도 했다. 임옥인은 학교에 다니면서 지식만이 아니라, 김교신, 정태진, 김상필과 같은 젊은 교사들로부터 민족의식과 애국사상을 배우게 된다.[3] 종치기, 일본어 과외 등의 아르바이트를 하며 함흥영생여자고등보통학교에 다녔고 1931년 3월 영생여고보(제1회)를 수석으로 졸업한다. 그리고 모교의 장학생으로 뽑혀 일본 나라여자고등사범학교 문과에 입학하게 된다.

나라여자고등사범학교는 일본정부가 우수한 여성 교육자를 양성하기 위해 일본 문부성 직할로 운영하는 관비학교였다. 임옥인은 1935년 봄 나라여고사를 졸업하고 모교인 함흥영생여자고보에서 교편을 잡고 이 시기에 틈틈이 습작시를 써서 《시원》에 임은옥이라는 필명으로 시를 게재하기도 한다. 하지만 모교에 부임한 지 1년도 되지 않아 폐렴과 결핵으로 학교를 그만두게 된다. 원산에 머물며 결핵요양을 하다가 병에 차도가 있자, 감리교계 미션스쿨인 원산 루씨여고에서 1937년부터 3년 간 교사생활을 한다. 그리고 루씨여고 교사로 있던 1939년 주간 이태준의 추천을 받아 《문장》에 「봉선화」를 발표하게 된다.[4] 당시 《문장》은 시인의 경우 1회 추천, 소설가의 경우 3회 추천을 받아야 기성작가로 인정을 하는 까다로운 제도를 취

3) 일본 무교회주의 운동의 창시자인 우치무라 간조의 제자 김교신, 조선어학회사건의 주동자로 지목되었던 한글학자 정태진, 해방 후 문교부 문화국장을 지낸 김상필 등이 임옥인을 가르쳤던 스승들이었다.

4) 그러므로 「봉선화」를 발표하던 1939년 영생여고보 교사로 재직했다는 연보는 잘못된 것이다.

하고 있었다.[5] 「봉선화」에 이어 추천된 작품이 「고영」(1940. 5), 「후처기」(1940. 11)이다. 추천이 완료되어 마음껏 작품을 발표할 수 있게 되지만, 일제말기의 조선어말살정책으로 《문장》 등의 잡지가 폐간되며 임옥인의 창작은 좌절된다.

임옥인은 고향에서 8 · 15해방을 맞게 되지만, 월남하여 남한에 어느 정도 정착하는 시기까지 작가의 창작은 재개되지 못한다. 그녀는 해방공간에서 창작이 아니라 실천을 선택하게 된다. 혜산진읍에서 오십리 들어간 벽촌마을에 '대오천가정여학교大吾川家庭女學校'를 설립하고 농촌부녀계몽운동에 전력한 것이다. 혼신의 정열을 다한 여성문맹퇴치운동은, 그러나 공산당과의 마찰로 8개월 만에 좌절되고 그녀는 가족과 헤어져 1946년 4월 월남한다. 해방 이후로부터 농촌부녀계몽운동이 좌절되어 월남하기까지의 개인적 체험은, 10여년 후 장편 『월남전후』에서 사실적으로 소설화된다. 단신으로 월남한 임옥인의 생활은 평탄할 수 없었다. 창덕여자고등학교 교사, 미국공보원 번역관, 잡지 편집장 등을 전전하면서도 임옥인의 창작에 대한 열정은 꺼지지 않았다. 「서울역」, 「나그네」, 「무에의 호소」, 「일주일간」, 「낙과」, 「부처」 등의 단편소설을 꾸준히 발표한다.

또한 그녀는 이 시기에 평생의 동반자인 방기환方基煥을 만나게

5) 3회 추천이라는 이 까다로운 제도 때문에 《문장》을 통해 등단한 소설가의 수는 적었다. 임옥인이 3차 추천되던 때부터, 기성문인의 1회 추천에 의해 등단하는 제도로 바뀌게 된다.

된다.[6] 방기환과의 인연은 대구 피난지에서도 이어져 결국 두 사람은 1953년 환도 직후 결혼하게 된다. 작가부부의 생활은 경제적으로 불안정한 것일 수밖에 없어서 임옥인은 여러 대학에 시간강사로 출강하는 한편 『그리운 지대』, 『기다리는 사람들』 등의 장편소설을 연재한다. 생계를 위해서라도 열심히 쓸 수밖에 없었던 시기였던 것이다. 1956-1957년 2년에 걸쳐 《문학예술》에 연재한 『월남전후』가 문단의 주목을 받으면서 임옥인이라는 작가의 이름을 문단에 알리게 된다. 1960년대는 임옥인에게 '장편창작의 시대'라고 할 만큼 다수의 장편을 발표한 시기였다. 『월남전후』만큼의 주목을 끌지는 못했지만, 『사랑 있는 거리』(1960. 10-1962. 1), 『힘의 서정』(1961. 1-1962. 7), 『장미의 문』(1960. 6-1961. 12), 『소의 집』(1962. 10-1963. 6), 『돈도 말도 없을 때』(1965. 1-1966. 6), 『일상의 모험』(1968. 1-1969. 4) 등 장편을 연재한다. 1960년 건국대학교 교수로 자리를 잡으면서 경제적으로는 안정을 찾게 된다.

임옥인은 한국여류문학인회 제4대 회장(1972-1974), 서울YWCA 회장(1975-1977) 등을 맡고 대한민국 예술원상 문학공로상(1981)을 수상하면서 문단의 원로로도 대접을 받는다. 하지만 남편 방기환의 고질적인 술버릇, 자식이 없던 데서 오던 고독, 십수 차례의 수술을

6) 처음 만났던 1949년 당시 방기환은 아동지 《소년》의 편집주간이었다. 아동문학 작가이자 소설가인 방기환의 젊고 발랄함에 매력을 느꼈지만 임옥인은 12살이나 손 아래인 방기환을 연애대상으로 생각하기는 어려웠다고 한다.

해야만 했던 병약함 등으로 임옥인의 개인적 삶은 결코 순탄하지만은 않았다. 그러나 어려운 고비고비마다 임옥인이 꿋꿋하게 삶의 자리를 지킬 수 있었던 밑바탕에는 그녀의 신앙이 자리하고 있었다. 특히 1975년 뇌졸중으로 쓰러졌다가 기적적으로 회생하는 사건은 자신의 신앙을 더욱 확고히 하고 사회봉사 활동에 적극 참여하게 되는 계기가 된다. 고학생이나 고아들을 자식처럼 돌보는 일이나 무기수와 800여 통의 편지[7]를 주고받는 일 등은 자기 신앙의 실천이었다고 할 수 있다.

(2) '신여성/ 구여성'의 이분법을 넘어서는 생동하는 여성형의 창조: 해방 이전의 작품 세계

임옥인은 「봉선화鳳仙花」를 시작으로 해방 이전 다섯 편의 단편소설을 발표했다. 상허尙虛 이태준에 의해 추천을 받은 「봉선화」, 「고영孤影」, 「후처기後妻記」와 1941년 발표된 「산産」, 「전처기前妻記」 등이 그것이다. 여성주인공의 섬세한 내면심리가 돋보인다는 점을 이 소설들의 공통점으로 꼽을 수 있다. 여성인물을 주인공으로 내세우는 경향은 해방 이후 임옥인의 소설에서도 계속적으로 확인되는 특징이라고 할 수 있는데, 흥미로운 사실은 이러한 특징이 추천자 이태준의

7) 무기수와의 주고 받은 편지는 이후 『빛은 창살에도』라는 단행본으로 묶이며, 무기수를 교화하는 내용은 장편 『일상의 모험』에도 주요한 소재로 등장한다.

평가에서 이미 지적되고 있다는 점이다. 상허는 첫 번째 추천작 「봉선화」에 대하여 "소설의 정도正道", "문장으로서도 정도正道"라고 평가하며, "입으로가 아니라 눈으로 썼다. 약혼을 앞둔 처녀 하나가 얼마나 또렷이 보이는가? 평범한 이야기되, 흔해빠진 인물이되, 인생을 즐겁게 한다"[8]고 고평하였다. 두 번째 추천작인 「고영」에 대한 평에서 "가련한 여주인공의 심리, 남성작가들의 개념지식만으로는 도저히 진찰도 못할 내장적內臟的인 데를 절개해 놓았다. 허턱 남성화하려는 여류들에게 가장 본령적인 데를 지시하는 느낌이 없지 않다."[9] 고 지적하며 임옥인에게 '여류女流'라는 이름을 부여한다.[10] 세 번째 추천작 「후처기」에 대한 평에서도 임옥인에 대한 여류 작가 규정은 다시 반복된다. 그는 불행한 여주인공이 가진 "강력의 생활력"에 주목하며, 이러한 여성인물의 조형이 여성작가의 고유한 권한임을 암시한다. 즉 그는 "우리 남성이 접근할 수 없는, 여성만이라야 건드릴 수 있는, 우리 남성에게 대해서는 일종 비밀의 세계"가 존재하며, 「후처기」의 가치가 "남성이 쓰기 어려운 내용"[11]에 있다고 말하며, 임옥인에게 여류소설가의 지경을 개척할 것을 주문한다.

---

8) 이태준, 「小說選後」, 《문장》, 1939. 8, p.109.
9) 이태준, 「小說選後」, 《문장》, 1940. 5, p.121.
10) 이태준의 '여류'라는 규정은 임옥인의 문학적 경향과 장점을 잘 파악한 것이기도 하지만, 문학의 중심점으로 상정된 남성작가의 주변부로 여성작가를 위치시키는 한계를 지니기도 한다(심진경, 「문단의 '여류'와 '여류문단'」, 《상허학보》, 2004. 참조).
11) 이태준, 「小說選後」, 《문장》, 1940. 11, p.204.

당대 최고의 문단 권위자였던 상허의 '여류 작가'라는 규정은 신인 작가 임옥인에 대한 날카로운 통찰이었음이 분명하다. 하지만 이것은 이후 임옥인의 창작에 알게 모르게 작용할 일종의 주문主文/ 주문呪文으로 작용했음도 사실일 듯하다. 세 번째 추천작 「후처기」를 발표하며 임옥인은 《문장》에 문단데뷔 소감을 다음과 같이 밝힌다.

> 의식적으로 무의식적으로나 내가 그리는, 또 그리랴는 세계는 주로 여자의 세계입니다. 그것이 내가 문장의 길을 걷는데 최단거리요 또 자연이라고 생각합니다. 그렇다고 많은 우리(女子)를 대변할 수 있으리란 자부는 추호도 없습니다. 다만 자기를 추구하는 사이에 진실에의 갈앙이 내가 여자인 까닭에 그 형태를 입고 나오는 것뿐이겠습니다.[12] (밑줄—인용자)

여성인 자신이 여성의 이야기를 소설화하는 것이 자연스러운면서도 수월하다는 설명이다. 소감에 밝힌 포부대로 해방 전까지 발표된 임옥인의 소설은 한결같이 여성인물을 주인공으로 내세운다. 인텔리 여성에서 가난한 하층민 여성에 이르기까지 그녀들이 처한 상황과 여건이 조금씩 다르긴 하지만, 작가의 관심은 여성인물들의 삶, 특히 그녀들의 내면심리에 집중되었다고 볼 수 있다. 하지만 임옥인이 주인공으로 내세운 여성인물들이 그다지 신선해 보이지 않는다

12) 임옥인, 「실제」, 《문장》, 1940. 11, p.163.

는 것이 문제이다. 즉 그녀들은 가부장제 이데올로기의 모순을 알 법한 학교교육을 받았음에도 불구하고 수동적이고 체념적인 반응으로 일관하는 것처럼 보인다.[13] 하지만 인물의 성격을 근거로 임옥인 소설의 주인공들을 퇴영적이라고 확정하는 것은 섣부른 판단으로 보인다. 인물들이 도전적이고 전복적인 여성적 자아상을 보여주지 못하는 것은 사실이나, 이 여성인물들은 강인한 생활력과 주체성을 가진 개성적 인물일 뿐만 아니라 분열적인 양상으로 가부장제의 모순을 드러내고 있기 때문이다.

처녀작 「봉선화」는 약혼자를 기다리는 여주인공의 며칠간의 심리를 묘사한 소설이다. 작가가 주력해서 보여주는 바는 결혼을 앞둔 여주인공의 심리, 기대와 불안으로 뒤섞인 미묘한 감정이다. 책상 위에 놓인 약혼자 '웅식'의 사진을 향해 수시로 혼잣말을 건네는 주인공 '혜경'은 결혼에 대해 낭만적 동경을 품고 있는 인물이다. '혜경'은 여학교를 졸업한 신여성에 속하지만, 새로운 가정을 꿈꾸며 그녀가 준비하는 것들이란 바느질과 음식장만 등의 가정살림에 필

13) 1920-30년대 여성작가들이 제출한 강렬한 문제제기가, 이후 여성작가들의 소설에서 일정 부분 퇴색된다는 것은 여성문학연구자들의 공통된 지적이다. 임옥인과 비슷한 시기에 왕성한 창작활동을 한 박화성, 손소희, 최정희, 한무숙 등도 여성문학사의 시각에서는 동일한 비판의 대상이 되지만, 특히 임옥인이 여성문학사에서 비판적으로 다루어지는 것은 임옥인이 창조한 여성인물이 다른 작가의 여성인물보다 더 퇴행적인 면모를 보이기 때문이다(김미영, 「전후 여성작가의 작품에 나타나 여성 주인공의 성의식 연구」, 《우리말글》, 2004.; 김복순, 「임옥인론: 분단 초기 여성작가의 진정성 추구양상」, 《현대문학의 연구》, 1997. 참조).

요한 덕목들이다. "웅식은 혜경에게 있어서 단순한 애인만으로 존재가 아니었다. 신도 되고 부형도 되고 그리고 애인도 되었다. 산같이 튼튼한 존재"라고 토로하는 이 여성인물에게서 신여성의 당돌함이나 저돌성을 발견하기는 어렵다. 오히려 신가정에 대한 소녀적 감상에 들떠 있는 '혜경'은, 남편 중심의 가정을 이상적 모델로 수용하고 있는 구여성에 가까워 보인다. 여성주의적 시각에서 볼 때 남성중심으로 이루어진 가족구조 내에서 자신의 여성적 정체성을 확인하려 애쓰는 '혜경'의 태도, 그리고 '혜경'으로 상징되는 고전적 인물을 긍정적으로 그리는 임옥인의 인물조형방식은 불만스러운 것일 수밖에 없다.

하지만 「봉선화」가 중점적으로 묘사하는 것이 약혼자와의 만남, 결혼을 기다리는 '혜경'의 행복하고 기대에 찬 심리만이 아니라는 것에 주목할 필요가 있다. 즉 행복한 기대감 밑에 도사리고 있는 것은 장래의 결혼생활에 대한 불안감이며, 또한 소설이 약혼자와의 만남으로 마감되며 결혼 이후 '혜경'의 행복 여부에 대해서는 아무런 암시도 하지 않고 있다는 점에 주의를 기울일 필요가 있다. 여성인물을 내세워 임옥인이 그리고자 했던 '여성의 세계'가 무엇인지를 파악하기 위해서는 「봉선화」와, 이후 발표된 소설들을 연속선상에 놓으면서 전체적으로 조망할 필요가 있다. 남편에게 버림을 받고 간호부 생활을 하면서 같은 병원의 의사를 짝사랑하는 「고영」의 인물, 부유한 의사의 세 번째 후취가 되어 불행한 삶을 사는 「후처기」의 여성,

가부장제 이데올로기와 경제적 궁핍의 이중고를 겪는 「산」의 여성, 아이를 낳지 못했다는 이유로 남편에게 반강제적으로 버림을 받는 「전처기」의 주인공의 표정은 하나같이 불행하기만 하다. 즉 이후 소설들은 「봉선화」의 여주인공이 꿈꾸던 행복한 가정생활이 현실적인 가정에서 실현되기 어렵다는 것을 짐작하게 한다. 즉 불행한 여인들의 모습은 '혜경'이 품었던 행복한 결혼에 대한 소망이 낭만적 환상에 불과함을 증명하기에 충분하다. 특히 「후처기」와 「전처기」는 각각 '후처'와 '전처'의 입장에서 남성중심의 가족제도가 갖는 불합리성을 지적하는 한편, 부정적 현실을 극복하려는 그녀들의 강인한 의지를 보여주고 있다는 점에서 흥미롭다.

「후처기」의 주인공은 전문학교를 졸업하고 소학교 교원으로 일하고 있는 소위 '재원'이다. 그런 주인공이 스스로 후처 자리를 선택한 가장 큰 이유는 그녀의 세속적인 욕망과 허영심에서 찾을 수 있다. '나'는 전도유망한 젊은 의사에게 버림받은 상처가 있는데, 이 상처입은 자존심을 보상받기 위해 돈많은 의사와 결혼하기로 작정한 것이기 때문이다. 그러므로 사별한 아내를 잊지 못하는 남편의 무관심이나 두 아이를 비롯한 시댁 식구들의 냉대로 인한 '나'의 정서적 고립감은 자초한 결과라고 볼 수 있다. 그런데 이 소설에서 흥미로운 지점은, 상허가 고평했던 바이기도 한 여주인공의 "강렬한 생활력"이 환기하는 독특성이다. 즉 '나'라는 인물형은 처첩제도의 일방적 희생물인 후처의 이미지, 혹은 전처의 자식을 학대하는 계모의 전형적인 모습 이상의 것을 보여준다. '나'는 가족이나 동네 사람들과 정서적 유대를 형성하지 못하고 철저히 배척되면서도 자신의 가정으로 표상되는 삶에 대한 의지를 결코 포기하지 않는다. '나'는 온갖 냉대와 무시를 당하면서도, 유일한 말벗이던 '덕순'과 절교를 하고도, "나는 내 악기들과 재봉침과 옷들과 기타 내 세간들에게 깊이 애착한다. 그것들을 거울같이 닦아 놓고 나는 만족히 빙그레 웃는 것이다. 나는 살아있는 것만으로 기뻤고 일하는 것만으로 자랑스럽다."고 고백한다.

부정적 현실은 체념이나 도피를 가져오기 쉽다. 그런데 도착적이고 히스테리한 형태이긴 하지만 '나'의 대응은 일에 대한 몰두로 현실을 극복한다는 점에서 독특하다. 또한 '나'의 행동은 여성주의적 관점에서 볼 때 이중적으로 해석될 여지가 있다. '내' 불행의 표면적 원인은 여성 자신의 허세와 물욕에 있지만, 더 근본적인 원인을 추적해 간다면 그 핵심에는 남성중심의 가족제도가 도사리고 있기 때문이다. '나'의 남편이 새로운 사람을 사랑할 수 없으면서도 많은 비용을 들여 아내를 맞은 이유는 무엇인가? 자신과 자신의 아이들을 거둘 아내라는 여자가 필요했기 때문이다. 남편의 입장에서 새로 맞는 아내란 집안일과 아이들을 돌보는 '하인' 이상도 이하도 아니다. 그런데 '나'는 이러한 제도의 모순을 깨닫고 가정의 울타리 바깥으로 뛰쳐나가는 것이 아니라, 자신에게 주어진 과업을 더 철저히 수행하는 가학적 방법으로 자신을 둘러싼 환경을 경멸하고자 한다. 「후처기」는 스스로 처첩제도의 희생물이 된 인물을 내세워 여성의 허구적 욕망을 비판하는 한편, 이 불행의 원인이 단지 여성인물의 잘못된 선택에만 있는 것인지를 되묻게 한다.

부정적 현실의 모순을 적극성으로 극복하려는 강인한 여성의 모습은 「후처기」의 연작으로 볼 수 있는 「전처기」에서 다시 등장한다. 「전처기」의 '나'는 곡진한 서간체의 형식을 빌려 부조리하고 불합리한 축첩제도, 그리고 자신과의 신의를 저버린 남편에 대한 비판을 성공적으로 수행한다. 어릴 적 사랑했던 남성과 행복한 결혼에 이르렀다는 점에서 '나'는 낭만적 사랑을 성취한 인물처럼 보인다. 하지만 불임不姙은 '나'와 남편의 사랑을 파국으로 치닫게 한다. 아이를 출산하지 못하는 것에 대한 시부모의 타박이 날로 심해지고 아이 없이 행복하게 살자던 남편의 행동도 서서히 변해가기 시작하기 때문이다. 아이를 낳아줄 첩을 받아들이라고 조언하고 집을 떠나는 '나'의 모습은 고전적이고 희생적인 여성상을 반복하는 것처럼 보인다. "당신을 사랑하는 까닭에 못 잊겠는 까닭에 당신을 길이 떠나랴는 모습을 단행합니다"라는 구절에서 '나'의 여성적 희생정신은 최대치에 달하는 듯하다. 하지만 소설의 후반부에서 '나'는 자신이 "관습의 희생자"로 전락한 데 남편의 책임이 없지 않음을 분명하게 지적한다.

> 그러나 이 사실이 과연 절대적으로 피하지 못할 길이었습니까? 당신의 힘만으로 당신의 결단만으로는 이 불행을 막을 길이 없었단 말씀입

니까? 자식이란 그다지도 필요한 것이었습니까? 당신의 늙으신 부모님의 종족번식욕에 그다지 사로잡히잖으면 안 되었습니까? 안해란 자식을 낳는 도구여야 한다는 윤리는 어디서 배웠습니까?

— 임옥인, 「전처기」(밑줄-인용자)

'나'가 격앙된 목소리로 고발하는 핵심은, 남편 역시 자신을 불행으로 몰아넣은 가부장제의 공모자라는 사실이다. 남편은 자기 자신과 첩, 그리고 본처, 이렇게 "세 사람의 혼이 이 애기의 속에서 완전히 융해"될 것이라며 집을 나간 '나'에게 속히 돌아올 것을 호소한다. 하지만 이러한 남편의 간청은 아들을 낳지 못한 본처와 아이를 낳은 첩 둘 모두를 싸잡아서 가부장제의 도구로 전락시키는 가부장제의 폭력적 논리를 적나라하게 보여주는 것이다. '나'는 자신이 집을 떠난 이후 교육사업에 종사하게 되었으며 거기에서 삶의 의의를 발견하였음을 알리며 남편에게 이별을 고한다. 「전처기」는 아이를 낳지 못해 가부장제의 울타리 바깥으로 내몰린 여성인물이 교육사업에 투신한 교육자로 새로운 삶을 선택하기까지의 과정을 보여주면서 남성중심의 가족주의가 갖는 모순을 적실하게 묘파해낸다.

살펴본 바와 같이 해방 이전 임옥인 소설의 여성인물은 이전 한국소설 속 여성인물과 차별성을 갖는다. 그녀들은 신여성과 같은 저돌성이나 전복성을 보이는 인물은 아니다. 그녀들은 겉으로 보기에 자신의 운명에 체념하고 있는 듯이 보이기도 하고 일방적인 희생을 감내하는 존재처럼 비춰지기도 한다. 하지만 그녀들의 독특한 표정과 발화는 남성중심주의의 폐해를 고발하면서, 동시에 부정적 현실을 돌파하여 자신만의 길을 개척하는 기능을 수행해 낸다. 이러한 새로운 여성형의 창조는 '신여성/ 구여성'의 이분법적 도식을 벗어나고자 한 작가 임옥인의 지향이 빚어낸 결과의 일단일 것이다. 임옥인이 궁극적으로 지향한 '여자의 세계'가 어떤 것이었을지 자못 궁금해지지만, 일제 말기 조선어말살정책으로 문예 잡지들이 폐간되면서 아쉽게도 임옥인의 창작은 중단되고 만다.

(3) 사실적 글쓰기와 문학적 감동: 『월남전후』

해방 이전의 단편들과 비교해 보면 『월남전후』는 확연한 차이를 보인다. 인물 내부로 향했던 조밀한 시선이, 일순간 외부를 향해 개방되는 듯한 느낌이다. 해방, 전쟁과 월남으로 요약되는 역사적 진통을 실제로 겪으면서 내부로 집중됐던 작가의 시선이 외부로 이동하게 된 것은 당연한 결과이기도 하다. 하지만 여성인물의 눈과 입으로 해방 직후의 객관현실을 조망하게 하는 임옥인의 창작태도는 여전히 변함이 없는 것이다. '월남전후'라는 제목이 시사하듯, 이 소설은 여주인공 '영인'이 해방 이후 북한 공산치하에서 벗어나 월남하기까지의 상황을 사실적으로 그린 작품이다. 부정적 현실에 압도되지 않으며 강인한 생명의지를 분출하는 여성인물이 등장한다는 점에서 이전 소설과의 연속성을 찾을 수 있다. 하지만 여성의 내면을 감성적이고 곡진하게 표현하던 이전의 작품과 달리, 『월남전후』에서 작가는 한 편의 다큐멘터리를 보는 듯한 생생한 사실성, 그리고 체험과 맞닿아 있는 절실함을 전달하는 데 주력한다.

수기문학, 르포문학, 자전적 소설로 분류할 수 있을 만큼 『월남전후』의 내용은 작가가 해방 직후 북한에서 겪었던 일들과 대부분 일치하는 사실들이다. '대오천가정여학교'를 설립하여 부녀계몽운동을 하려는 여주인공의 행적, 그리고 기독교 자유주의자인 주인공과 공산주의자들간의 피할 수 없는 갈등은 작가의 자서전인 『나의 이력서』의 내용과도 크게 다르지 않다. 그런 점에서 이 작품은 작가의 체험, 역사적 사실에 최대한 근접해간 소설이라 할 수 있으며, 이 소설이 성취한 사실성과 진정성 역시 여기에 기인한 것이라고 평가할 있다. 물론 공산주의에 대한 인식이 피상적인 점, 공산주의자에 대한 인물묘사가 생명력을 얻지 못한 점, 결과적으로 반공주의적 색채를 띠게 된 것은 이 작품의 한계로 보인다. 북한의 공산주의 체제를 자발적으로 거부하고 남한을 선택한 작가, 그리고 월남 이후 남한 체제로부터도 감시의 시선을 의식해야 했던 월남 작가로서 남한과 북한의 양쪽 이데올로기에 대해 공정하고 객관적인 태도를 갖는다는 것은 사실상 어려운 일이었을 것이라 짐작할 수 있다.[14] 하지만

14) 전후문학에 나타난 반공주의의 문제에 대해서는 상허학회 편, 『반공주의와 한국문학』, 깊은샘, 2005. 참조.

소설 초반부에 길게 묘사된 소련 비행기의 무차별 폭격, 그리고 폭격행위에 대한 비판은, 주인공이 끝내 공산주의자와 다른 길을 선택할 수밖에 없음을 예견하게 한다. 전쟁에 대한 발언권을 얻기 위해 무차별 살상을 가한 소련 및 공산주의자들을 작가는 결코 수용할 수 없는 것이며, 그렇다면 이후 서사의 방향은 이남으로의 '월남'이라는 목적을 향해 움직일 것이 당연하다.[15)]

하지만 이런 한계에도 불구하고 『월남전후』에 형상화된 가정여학교 교장 '영인'의 교육에 대한 열정은 독자들에게 성공적으로 전달된다. 그것은 이 열정이 인텔리 여성 '영인'의 일방적 시혜에 의한 것이 아니라, 교사의 열망과 학생인 하층민 여성들의 갈망이 부딪혀 만든 풍경이었기 때문에 가능했던 것일 듯하다. '영인'은 산골 향교집에서 자취를 하는 자신의 처지에 대해서 외롭지 않다고 말한다. "청춘과 사랑이 있을 때보다, 가정과 안정이 있을 때보다도 어쩐지 나는 산다는 보람이 느껴지는 자신을 발견한다"는 고백은 주인공의 고백일 뿐만 아니라, 농촌부녀계몽운동에 헌신했던 작가 자신의 심경 고백이라고 보아도 무방할 듯하다. 조국이 해방된 시점에서 작가가 선택한 것이 우리말로 문학창작을 하는 것이 아니라, 가정여학교를 열어 야학운동을 벌인 것이었다는 전기적 사실은 주인공의 입을

---

15) 고종사촌인 '을민'이나 공산주의자들은 "이 야만아!", "야만의 새끼!"와 같이 주인공의 감정적이고 일방적인 규정에 의해 부정적으로 성격화되는데, 이는 이미 작가가 '남한/북한', '선/악' 이분법의 틀 안에서 공산주의자를 적대시하고 있기 때문이다.

빌린 작가의 열정이 과장이 아님을 보여준다.

일이 있다.

하고 싶은 일을 할 수 있는……. 그렇다. 대해大海와 같이 일감이 있는 것이다.

나는 새벽에 일어나 여러 가지 구상을 한다. 이 구상은 공중누각에 속하는 것이 아니리, 하루의 생활에 직결한다. 내 꿈과 이상은 혹은 대단히 높고 먼 것이었는지 모른다. 그러나 지금에 있어서 나는 그 먼 꿈과 이상을 현실에서 유리시키고 싶지 않았다. 이 현실은 그대로 나의 꿈이요, 이상의 변형인지 모른다는 생각이 든다.

이렇게 부녀들을 모아놓고 한글을 가르치고 노래를 부르게 하고 가정미화家庭美化와 생활과학을 얘기할 수 있다는 사실이 얼마 전까지 만해도 하나의 몽상이요, 망상이었던 것이다.

잠자는 몇 시간을 제외하고는 하루의 거의 전부를 나는 기계처럼 돌아가며 사용한 것 같다. 여학교 전과목을 가르치고 야학을 가르치고 아마 열도 남는 촌락마다에 야학을 설치하고 중앙에서 양성한 야학생을 각 부락에 윤번제로 파견한다. 석유배급을 알선하고 매 토요일마다 그 촌락들에 가서 계몽강연을 했다. 5리쯤 되는 가까운 곳도 있었지마는 대개 3, 40리 떨어진 곳이 많았다.

발이 푹푹 빠지는 눈길을 더듬어 낯선 산골을 향해 걸어가면서 나는 어느 때보다도 힘이 나는 것같이 느꼈다. 깜박이는 석유등잔불 아래서 침으로 다 달은 연필 촉을 축여가면서 열심히 한글을 쓰고 있는 먼지 낀 머리털과 때 묻은 헌옷들을 걸친 부녀들의 모습을 대하면, 나는 역시 이 지방에 머무르기를 잘 했다고 생각하게 된다.

— 임옥인, 『월남전후』

'가정미화'와 '생활과학'으로 요약되는 계몽의 내용은 「봉선화」, 「후처기」, 「전처기」의 인물들에 의해 실천되었던 항목들이기도 하다. 그 인물이 퇴영적이든 부정적이든간에 임옥인의 소설에 등장하는 대개의 인물들은 부지런하고 적극적인 자세로 자신의 가정과 주변을 꾸려나간다는 점에서 긍정적으로 평가될 만한 인물들이다. 해방 이전의 공간에서 이 여성이 소설 속의 허구적 인물로만 등장했다면, 해방 공간에서 이 여성상은 교육과 계몽에 의해 지향될 모델로 자리매김되었다고 할 수 있다. 일곱이나 되는 아이를 두고도 배움의 열정에 목말라하는 여성, 단벌옷이 물에 젖어서 강연회에 오지 못한 채 안타까워하는 가난한 여성, 몽당연필에 침을 발라가며 한글을 깨우치는 희열에 찬 학생, 그리고 이데올로기적 갈등을 경험하면서도 이들을 계몽하려는 열정에 가득찬 선생의 모습은, 새로운 시대에 대한 희망과 기대로 가득찬 해방공간의 생동하는 모습을 잘 보여준다. 즉 이 여성들은 '뚫고 나가야 한다. 살아야 한다'는 의지를 온몸으로 말해주는 인물들이라고 하겠다. 특히 '물동잇골'에서의 강연모습과 야학학생들과 함께 만든 '부녀연예회'의 흐뭇한 풍경은 문학적 감동이 단순히 기교의 차원이 아님을 깨닫게 한다. 그 감동은 작가가 소망했던 바이기도 한 실제 삶과의 일치에 원인을 둔 문학적 공감이라고 할 수 있다.[16)]

---

16) 체험에 가까운 문학이라는 특성은 『월남전후』 이후 임옥인 문학에서도 발견되는 주된 경향이다. 물론 모든 자전적 소설이 『월남전후』와 같은 절실한 공감을 형성하는

또 하나 눈여겨 볼 사항은 야학교사인 '영인'과 학생들인 가난한 여성들이 맺고 있는 연대의식이다. 공산주의자들의 감시와 탄압을 받으면서도 이들은 강력한 공동체의식, 연대의식을 공유한다. 이들의 관계가 연대의식이라고 지칭될 수 있는 까닭은, '영인/ 여성들'이 '교사/ 학생'의 관계가 상하관계나 주종관계로 이루어지지 않았기 때문이다. 물론 가르치는 자는 '영인'이고 가르침을 받는 가난한 여성들은 '학생'이다. 하지만 '영인'이 학생들을 시혜나 계몽의 일방적 대상으로 규정하고 있지 않다는 것이다. 야학교를 중심으로 한 그들의 고군분투는 교사와 학생의 구분을 넘어서 하나의 공동체의식을 형성하기에 이른다. 물론 '영인'이 가족과 학생들을 두고 혼자 월남을 결행함으로써 공동체의식의 탐색은 미완의 주제가 되고 만다. 그런데 『월남전후』에서 단편적으로 확인되는 약자弱子에 대한 연민과 사랑, 이들과의 연대의식이 이후 1950, 60년대 임옥인의 문학의 뚜렷한 특징으로 재등장한다는 점에 주목할 필요가 있다.

(4) 연민과 공감의 시학: 해방 이후의 작품 세계

임옥인의 작품에서 실험성을 발견하기란 어려운 일이다. 오히려 실제의 체험에 가까운 소설을 쓰거나 실제 체험에 약간의 변형을 가

것은 아니나, 자신의 가정사 및 무기수와의 실제 인연을 다룬 『일상의 모험』의 경우 유사한 성취를 획득했다고 볼 수 있다.

해서 소설 창작하기를 즐겨했다고 평가할 수 있다. '사실에 기반한 허구'라는 소설원론에 충실한 셈인데, 작가는 자신의 창작태도를 「행운의 열쇠」 서두에서 이렇게 설명한다.

언제부터인가 나는 수필 같은 소설을 써보고 싶다고 생각하고 있었다. 그럴 수밖에 없다고 생각했기 때문인지도 모른다.

사실 테마가 어떻고 구성이 어떻고 표현이 어떻고—하면서 소설이라는 걸 너무 틀에 잡아 넣으려던 자신의 시도나 남의 그것에 권태를 느끼고 말았는지도 모른다. 아니면 실인생實人生이 내게 있어선 훨씬 절실하며 또 생활이 분방한 탓인지도 모르겠다.

하여튼 나는 그런 심경으로 펜을 든 것이다. 어쩔 수없이 들기도 했지만, 한편 생각하면 들지 않을 수 없는 심경에서인지도 모른다.

그런 심경으로 아무데도 매인 데없이 자유롭게 얘기해 나가고 싶다.

— 임옥인, 「행운의 열쇠」

작가는 서술자의 입을 빌려 '수필 같은 소설'을 쓰고 싶다고 말한다. '허구성'이 수필과 소설의 차이를 결정하는 경계라는 점을 상기하면, '수필 같은 소설'을 쓰겠다는 욕망은 '사실'에 가까운 소설을 쓰겠다는 포부와 다른 게 아니다. 사실에 근접한 소설이란, 달리 말하면 『월남전후』와 비슷한 종류의 소설을 뜻할 것이다. 「행운의 열쇠」에서 일을 마치고 돌아올 어른들을 기쁘게 하기 위해 밥을 지어놓고 기다리던 어린 '은애'의 행동, '은애'를 향한 어머니와 할머니의 극진한 사랑, 그리고 P언니의 어머니를 친어머니처럼 보살피게 된 이야기는 아마도 작가의 실제 체험과 크게 다르지 않을 것으로 추측되며, 그렇다면 이 소설에서 작가는 자신의 소망을 충분히 충족시키고 있는 것이라고 하겠다.

그렇다면 실체험과 대단히 근접한 거리에 있는 소설은 과연 소설인가, 허구일까라는 문제가 제시될 수 있다. 그러나 작가가 '수필 같은 소설'을 운운한 것은 소설과 수필의 경계에 의문을 제기하기 위해서가 아니라, 자신이 사실에 가까운 소설을 쓰는(혹은 쓸 수밖에 없는) 이유에 대한 일종의 이유있는 변명을 하기 위해서였다고 보는 게 타당할 듯하다. 해방 공간에서 창작이 아니라 실천을 선택했던 임옥인은, 여전히 허구적 문학보다는 진실한 삶에 더 끌리는 작가라고 말할 수 있다. 아니, 문학과 삶이 하나로 결합되는 이상적 지점을 모색했던 작가라고 하는 게 옳겠다. 소설/ 수필, 문학/ 삶이 둘이 아니라 하나라고 보았던 작가인 만큼 임옥인의 해방 이후 작품에도 작가의 실체험이 그대로 반영되거나 그것이 굴절되어 간접화되는 경향이 자주 발견된다. 「구혼」은 작가가 대구 피난지에서 만났던 맹인 여성 양정신을 모델로 한 소설이며,[17] 「탁주공서방」과 「잠근동산」에 등장하는 술주정뱅이, 무능력한 남성은 남편 방기환의 실제 모습을 많은 부분 떠올리게 한다.

17) 양정신은 '한국의 헬렌켈러'라고 불리는 여성교육자이다(『나의 이력서』, 앞의 책, pp.114-116. 참조).

가부장제 사회의 폐해와 모순을 날카롭게 지적한 「해바라기」, 「현실도피」와 같은 소설도 있지만, 해방 이후 작품에서 주된 분위기를 이루는 것은 가난하고 불쌍한 이웃을 향한 연민과 동정의 시선이다. 「부처」, 「무에의 호소」, 「구혼」, 「노숙하는 노인」, 「행운의 열쇠」에 등장하는 인물들은 하나같이 가난하고 못난 사람들이다. 그들을 불행으로 몰아넣은 이유는 다양하다. 전후의 불모적 현실이기도 하고(「부처」), 어쩔 수 없는 가난과 인간의 이기심이기도 하고(「무에의 호소」, 「노숙하는 노인」), 불구라는 신체적 장애이기도 하다(「구혼」). 하지만 작가의 관심은 이들을 불행하게 하는 사회적 모순을 들춰내는 데 있지 않다. 오히려 작가는 사회구조나 인간의 이기심보다는 이 이웃을 향해 따뜻한 사랑과 배려를 베푸는 선한 사람들의 존재에 초점을 맞춘다.

그리고 가난한 이웃을 등장시키는 이 소설들의 독특한 지점은 작가가 혈연공동체를 넘어선 대안적 가족공동체의 가능성을 보여준다는 것이다. 「부처」의 부부는 구두 고치는 일과 조그만 잡화상으로 생계를 유지하는 가난한 피난민이다. 그들 부부의 꿈은 백만원을 모아서 자기들의 집을 짓는 것이다. 부부는 두 달이면 백만원이 모일 것이라고 예상하지만 현실은 있는 돈조차 꺼내쓰게 만든다. 아내가 앓게 된 탓도 있지만 전쟁 전 알고 지내던 '복순엄마'의 처지를 모른 체하지 않았기 때문에 집짓기의 꿈은 어느 정도 유예되고 만다. 게다가 늦은 장마로 개울바닥에 지은 하꼬방과 장사 밑천인 미군상자가 떠내려가면서 부부는 어디에서도 희망을 찾지 못할 것처럼 보인다. 하지만 "또 벌어서 내년 봄에는 틀림없이 짓지"라고 다짐하며 부부는 끝내 희망을 놓지 않으며, 특히 그들이 집을 지어 함께 살자던 '복순엄마'를 찾아가는 장면에서 가난한 사람들의 연대가 가능함을 확인할 수 있다. 나아가 「무에의 호소」는 '가정'이 단지 혈연을 기준으로 형성되는 것이 아님을 시사하고 있다. 이 소설의 가정은 외적으로 볼 때 비정상적이다. 주인공 '철순'은 난봉꾼 남편이 많은 유산을 남기고 죽자 딸 '영주'를 잘 키우려는 마음에 환갑이 넘은 노인과 재혼을 한다. 재산을 빼앗아갈 친척과 주변으로부터 울타리 구실만 해줄 남편이 필요했기 때문이다. 그런데 소설에서 애잔하게 그려지는 것은 피 한방울 섞이지 않은 딸 '영주'와 의붓아버지 사이의 사랑과 배려의 마음이다.

독실한 기독교 신자였던 임옥인이 이웃에 대한 사랑과 연민을 소설의 중요한 주제로 내세우게 된 것은 자연스런 결과라고 할 수 있다. 기독교의 교리는 하나님을 사랑하는 것과 이웃을 사랑하는 것으로 요약되며, 이 두 사랑은 결국 둘이 아닌 하나이기 때문이다. 새벽기도에 갈 때마다 마주치던 노숙하는 노인을 양로원으로 보내기까지의 우여곡절을 그린 「노숙하는 노인」의 '나'가 고민하는 핵심도 바로 자신에게 이웃에 대한 사랑이 존재하는가라는 질문이다. 즉 매서운 추위와 배고픔에 무방비적으로 노출된 벙어리 노인을 보면서 "그 노인에게 대한 나의 대접은 어쩌면 내가 사랑을 배우겠다는 그리스도 바로 그 자신의 변형이 아니겠는가고도 생각"하는 것이다. 새벽마다 무릎을 꿇으며 알기 원했던 '사랑'의 의미가 노숙자 노인의 존재를 통해 계시된 것이라고 볼 수 있다. 하지만 노숙자 벙어리 노인에게 따뜻한 음식과 집을 제공하는 환대, 가난한 사람들 사이의 동정과 배려, 딸과 의붓아버지 사이의 관심과 사랑은 이상적인 모습이지 현실은 아니라고 비판될 수 있다. 다시 말해 '이웃에 대한 사랑'의 강조가 공허한 구호에 불과한 것이며, 이러한 설교조의 소설이란 기껏해야 감상적 교훈주의에 지나지 않는다고 비난당할 수 있다는 것이다.

하지만 약자에 대한 연민과 사랑을 주제로 형상화한 임옥인의 소설이 서사적 긴장을 잃은 채 단순한 교훈주의로 함몰되었다고 단정할 수는 없다. 아니, 이 소설들이 독자들의 마음에 던지는 정서적 울림과 파장은 결코 적지 않다고 하는 게 정확할 듯하다. 정서적 감응력을 형성하는 일차적인 이유는 소설에 구현된 사랑이 관념적이고 피상적인 사랑이 아니기 때문이다. 즉 밀착된 삶에서 취재된 소재가 갖는 생생한 사실성(핍진함)이, 구태의연한 이야기들이 관념적 피상성으로 빠져드는 것을 막아주는 역할을 했다고 평가할 수 있다.[18] 뿐만 아니라 작가가 일련의 소설에서 사랑의 실천을 역설하면서도,

---

18) 자녀가 없었던 임옥인과 방기환 부부의 둔촌동 집은 늘 문인이나 고아, 고학생의 처소였다는 것은 문단에서 유명한 사실이라고 한다. 부부 사이에 자녀가 없었던 탓도 컸겠지만 실제로 임옥인은 고학생들을 거두어 자식처럼 돌보았다.

이웃 사랑의 실천이 결코 쉽거나 간단한 문제가 아님을 암시하는 데서 오는 진정성도 서사적 긴장을 유지시키는 힘으로 작용한다. 「구혼」의 '청년'과 '정애', 「노숙하는 노인」의 '나'와 '노숙자 노인'은 평등한 관계를 맺고 있지 못하다. 유복한 집안 출신의 청년이 무엇 하나 부러울 게 없는 처지라면, 고아나 다름없는 맹인 여성인 '정애'는 모든 것이 결핍된 존재이다. 평생 '당신의 눈'이 되겠다는 청년의 편지 내용이 보여주듯, 둘의 사랑이란 한 사람의 일방적 베풂에 의해 이루어지는 불균형한 사랑을 이룰 수밖에 없다.

「노숙하는 노인」의 '나'와 '노숙자 노인'의 관계 역시, 경제적 토대와 윤리의식을 갖춘 '나'가 아무것도 가진 것 없는 '노인'에게 일방적인 시혜를 베푸는 입장이라는 점에서 불균형적이다. 그렇기 때문에 노인을 집과 음식이 제공되는 양로원으로 보내야 한다는 '나'의 강박은 철저히 우월한 입장에서 고안해낸 최선의 방법이라는 한계를 갖는다. 하지만 소설 말미에서 보듯 벙어리 노인은 양로원에서 다시 빠져나와 원래의 노숙자의 신세로 돌아온다. 자신이 이웃사랑을 실천했다는 희열에 차있던 '나'는 얼핏 "도저히 따라갈 수도 없는 딴 세계에 시선을 보내고 있는 것" 같은 노인의 표정을 감지한다. '나'가 노인의 얼굴에서 발견하는 이 낯설음은, 자신의 연민과 동정이 약자에 대한 진정한 사랑에 이르지 못한 것일 수 있다는 불안의 표현이다. 즉 노인이 양로원에서 더 행복할 수 있다는 판단은, 노인의 진짜 행복과는 무관한 철저히 '나'가 상상해낸 행복일 수 있다는 것이다. 벙어리 노인은 노숙자 생활이 더 행복할 수도 있고, 팥죽집 앞에서 노숙을 하며 누군가를 기다리는 중인지도 모르기 때문이다. 「구혼」의 청년이 청혼을 거절당하자 '정애'를 멀리서만 바라볼 뿐 다시 다가가지 않는 것도, '정애'를 진정한 인격으로 대하려는 노력에서 비롯된 것이라고 볼 수 있다. 이렇듯 임옥인의 소설은 약자를 향한 시선에 의도치 않은 폭력이 동반될 수 있음을 경계하며, 가난하고 소외된 사람들을 어떻게 '사랑'할 수 있는지에 대해 고민하게 한다.

3. 결론

지금까지 간략하게 임옥인의 생애와 대표적인 작품의 특성을 살펴보았다. 한국역사의 격동기를 살았던 문인들이 그러했듯 임옥인의 삶은 평탄치가 않았다. 《문장》의 추천을 받아 소설가로서의 역량을 마음껏 펼칠 여건이 마련되지만 일제말기의 조선어말살정책으로 소설을 발표할 지면을 얻지 못하게 된다. 해방의 기쁨 속에서 야학교를 설립하여 부녀계몽운동에 주력하지만 그것마저 북한 체제와의 갈등으로 여의치 않게 된다. 월남민의 고독, 피난민의 불안 속에서 임옥인의 창작열을 다시 불타오르기 시작한다. 출세작인 『월남전후』를 비롯한 단편들은 한 작가의 고독과 불안, 그리고 결핍이 탄생시킨 산물들이라고 말할 수 있다.

「봉선화」로부터 임옥인의 대개의 소설에서 주인공은 여성이다. 부정적 현실에 거세게 항거하지 않고 있는 그대로의 현실을 감내하는 이 여성인물들은 일견 소극적이고 퇴영적으로 보이기도 한다. 하지만 해방 이전의 단편소설들에 대한 검토에서 확인했듯이, 이 인물들은 '신여성/ 구여성'이라는 이분법적 도식 안에 포섭되지 않으면서 자기 나름의 현실극복 의지를 표명하는 여성들이라는 점에서 의미가 있다. 또한 『월남전후』에서 성공적으로 형상화되었듯이, 작가는 자신의 체험에 기반한 진정성 있는 문학을 일관되게 추구했으며, 자신의 신앙을 문학을 통해 구체화하는 작업도 지속적으로 수행했다. 임옥인의 소설에 구현된 사회적 약자에 대한 연민과 사랑의 윤리, 비혈연 가족공동체의 모색은 기독교문학에 새로운 방향성을 제시하는 것이라고 할 수 있다.

임옥인은 자주 '문학과 교육과 신앙', 이 세 가지가 자기 인생의 '세 기둥'이라고 말하곤 했다. 이 작가에게 문학이란 진실한 삶의 추구와 크게 다르지 않은 것이었을 수 있다. 그러므로 그녀가 지향한 것은 실험과 전복을 내세운 예술이 아니라, 가난하고 불쌍한 이웃들과 더불어 사는 삶, 그리고 그런 장삼이사의 인생 세목을 사실적으로 보여주는 문학이었던 듯하다. 그리고 그 문학적 진정성은 독자의 독서행위를 통해서 다시 확인될 것이라고 생각한다.

'그럼에도 불구하고' 어두운 밤길을 걸어가는 작가정신

— 윤정모 『밤길』

1. 가난 속에서 피어난 문학적 열정

윤정모는 1946년 경북 월성군 현곡면 나원리에서 아버지 윤광용과 어머니 강인자 사이의 장녀로 태어났다. 작가의 술회에 따르면 유년시절로부터 어른이 되기까지 그녀에게 가장 중요한 것은 먹고 사는 문제였다. 하지만 역설적이게도 윤정모로 하여금 문학적 상상력을 펼치게 하고 펜을 들어 원고지 앞에 달려들도록 한 원동력 역시 가난이었다. 일찍부터 글을 쓸 수밖에 없었던 자신의 처지를 작가는 이렇게 회상한다. "글을 쓰기 시작한 것은 아마 중학교 2학년 무렵일 겁니다. 짓눌린 환경에 놓여 있던 나 자신에 대한 변명이랄까, 자기강조랄까 그런 것들이 글을 쓰게 하지 않았나 싶어요. 고등학교에 들어가서 가난한 아이들 이야기를 많이 썼는데 그때 국어선생님이 거친 문장들을 같이 손봐주시고 그랬지요." 물질적 궁핍은 존재의 자유로운 비상을 가로막는 굴레인 동시에, 젊은 영혼을 문학적 글쓰기로 이끌었던 자양분이었던 것이다.

작가는 1965년 서라벌예술대학 문예창작과에 입학한다. 등록금과 생활비는 물론 동생의 뒷바라지까지 책임져야 했던 그녀는 각종 아르바이트를 하면서 5년 만에 대학을 졸업한다. 리디오 대본을 소설화 하는 작업으로 생계를 이어가면서도 그녀는 소설에 대한 꿈을 버리지 않는다. 첫 장편 『무늬져 부는 바람』(1968), 『생의 여로에서』(1970), 『저 바람이 꽃잎을』(1971), 『광화문통 아이들』(1976) 등은 작가가 되고야 말겠다는 윤정모의 열정과 의지가 만들어낸 소산물들이다. 하지만 열정의 산물이었던 소설들이 문단에서 호평을 받았던 것은 아니다. 개인적 억울함의 호소에서 벗어나지 못했다거나 흥미위주의 통속소설이라는 냉정한 평가가 돌아온다. 이런 상황에서 1980년 광주항쟁은 작가로 하여금 '소설이 무엇인가'에 대한 문학관을 정립하게 되는 전환점이 된다. 광주항쟁 당시 정치 수배자들을 집에 숨겨주고 매일 밤 정세에 대해 토론을 하면서 세계와 문학에 대한 인식을 새로이 정립하게 된 것이다. 운동의 대중확산을 위한 '무기'로 문학을 인식하게 되며, 문학을 통한 사회현실에의 참여가 소설가의 임무임을 자각하게 된다. 갑자기 불어난 식구들의 생계를 위해 200만원의 상금을 노리고 6일 만에 소설을 써내려가게 되는데, 그것이 《여성중앙》 중편소설 당선작인 「바람벽의 딸들」(1981)이었다.

1980년을 분기점으로 윤정모의 작품세계는 크게 변모하기 시작한다. 단순한 궁핍과 개인적 울분의 차원을 벗어나 폭넓은 사회문화적 상상력을 펼쳐 보이기 시작한 것이다. 그녀의 관심은 분단현실과 계급모순, 민족과 성의 문제에 이르기까지 다양하다. 정신대 이야기를 다룬 『에미 이름은 조센삐였다』(1982), 소록도 나환자촌을 소재로 한 『그리고 함성이 들렸다』(1986), 반미주의를 표방한 『고삐』(1988) 등이 그러한 성과이다. 당대의 고통스런 현실을 회피하지 않고 응시하는 정공법을 보여주는 윤정모의 문학세계를 볼 때, '민족민중문학의 든든한 보루'(임헌영)라는 수사가 과장이 아님을 알게 된다. 『밤길』(1986)에 실린 작품들 역시 미국 이민자의 삶으로부터 5월광주항쟁에 이르기까지 다양한 소재를 소설화 하면서도 '현장성'과 '동시대성'이란 끈을 놓지 않았다는 의의를 갖는다(이 소설집은 1985년 12월 『가자, 우리의 둥지로』라는 제목으로 발행하였으나 당국으로부터 판매금지조치를 받아 출간하지 못하다가 조치가 해제됨에 따라 1986년 『밤길』이란 제목으로 재발간 되었다).

2. 소외된 '여성/ 민중'의 수난사

창작집 『밤길』에 실린 소설 중 「생각하는 인형」(1975)을 제외한 8편은 1980년대 전반에 씌어졌다. 식민지 시대로부터 광복, 6 · 25전쟁, 전후의 신산한 삶을 살았던 여성을 주인공으로 내세운 「바람벽의 딸들」, 아메리칸 드림을 품고 미국 이민을 떠나지만 가족적 파탄을 겪고 고국으로 돌아오는 「가자, 우리의 둥지로」, 식모살이를 하며 외아들을 키우는 홀어머니가 겪는 부당한 대우를 다룬 「등나무」, 아들을 향한 어느 복역수의 사랑을 그린 「아들」, 제적대학생과 어머니의 갈등과 화해를 다룬 「어머니」, 중동 노무자의 귀국 풍경을 소재로 한 「내가 낚은 금고기」 등에서 뚜렷한 공통점을 발견할 수 있다. 일상에 파고든 반공이데올로기의 폭력성을 문제삼은 「신발」과 5월광주항쟁을 그리고 있는 「밤길」을 제외한 작품들의 경우, 가족을 기본항으로 삼아 이야기가 전개되고 있다는 것이다. 그런데 문제적인 사항은 이 가족이 예외없이 '깨어짐'을 경험한다는 것이다. 아버지나 어머니가 부재하는 결손 가정이거나 어머니의 불륜이나 가출 때문에 가정은 위기에 처하게 된다. 가족의 위기가 문제시되는 것은 가족이 공동체의 최소 단위일 뿐만 아니라 민족의 은유로 기능하기 때문이다. 붕괴된 가족을 그리고 있는 윤정모의 소설에서 민족 공동체의 문제를 읽어 낼 수 있는 까닭이 여기에 있다. 그렇다면 가족 붕괴의 최종 원인은 무엇인가? 한마디로 하면 '가난'이다. 하지만 가난은 물질적 궁핍에 그치는 것이 아니라 분단현실에서의 '민족', '계급', '성'의 문제와 착종하면서 복잡한 양상을 띤다.

《여성중앙》 등단작인 「바람벽의 딸들」(1981)을 보자. 딸과 사위의 안온한 일상은 오화인 여사의 등장과 함께 깨어지는데, 소설은 딸과 사위, 장모에게 서술의 기회를 부여함으로써 어머니에 대한 딸의 애증의 감정이라든가, 어머니로 인한 숨막힐 듯한 집안의 분위기를 섬세한 필치로 그려내고 있다. 그런데 소설에서 흥미를 유발하는 인물은 시종일관 부정적으로 그려지는 어머니 오화인이다. 오화인은 자식을 위해 헌신하고 희생하는 전형적인 모성과 거리가 멀다. 그녀는 자신의 욕망이나 쾌락을 드러내기를 주저하지 않으며, 생계를 위해 매춘조차 꺼리지 않는 여성이다. 오화인을 추동하는 힘이 세속적, 육체적인 욕망이란 사실은 그녀의 남성 편력을 통해 증명된다. 일본 형사 '고모다', 미군인 '한스'와 '존', 노름쟁이 경숙이 아버지 그리고 차상사 등이 그녀가 거쳤던 남성들이다. 무절제한 남성 편력은 오화인을 부정적인 인물로 각인시키는 주요 동인이 된다. 하지만 난잡하고 비윤리적이라는 비난이 오화인 개인에게 집중되는 것은 온당한 처사일까?

외증조할머니, 외할머니, 오화인, 오화자 자매, 오경숙으로 이어지는 모계母系의 역사를 고려할 때, 단지 오화인의 비윤리성만을 탓하는 것은 부당한 일임을 깨닫게 된다. 외할머니, 어머니, 경숙은 어머니의 사랑을 받지 못한 채 불우한 유년을 보냈다는 공통점을 갖는다. 외증조부가 일찍 죽자 시부모는 외종조모를 중국인 비단 장수에게 팔아 버렸다. 일찍 남편을 잃은 할머니 역시 두 딸을 제대로 건사하지 못했다. 전후의 폐허에서 어머니와 이모는 보다 나은 삶을 위해 미군 병사를 선택한다. 하지만 어머니의 선택은 미군의 죽음과 배신으로 결실을 맺지 못하고 만다. 미군과 결혼하여 이민을 가지만 남편을 잃고 고생을 하며 사는 이모의 삶 역시 구차하기는 마찬가지이다. 이쯤되면 모계로 유전되어 온 여성'들'의 수난사에 연민을 보내지 않을 수 없으며, 딸'들'의 실존을 옥죄고 있는 사회역사적 현실이 얼마나 완고한 것인지 동감하지 않을 수 없게 된다.

그럼에도 불구하고 소설을 읽으며 오화인이란 인물에게 동정심을 드러낼 독자는 별로 없어 보인다. 오화인에 대한 공감이 일어나지 않는 것은 소설의 서술전략 때문이다. 딸과 사위, 어머니가 번갈아가며 초점화자의 역할을 하지만, 이러한 서술전략은 주인공 오화인을 객관적으로 조망하기 위한 장치가 아니다. 어머니와 불화하는 딸과 사위의 입장에서 이야기가 전개될 때, 어머니가 부정적인 인물로 조형되는 것은 당연한 결과이다. 하지만 어머니가 초점화자로 등장하는 부분에서도 오화인의 성격적 결함이 부각될 뿐 그녀에게 자기변명의 기회가 주어지지 않는다. 자세히 들여다 보면 어머니에 대한 딸의 감정은 애증에 가깝다. 즉 견딜 수 없이 미워하는 한편 "이해하도록 노력해야 할 거야. 따지고 보면 불쌍한 사람이니까"라는 연민을 버리지 못한다. 하지만 장모에 대한 사위의 감정은 철저한 경멸과 혐오이다. 그는 요란하게 화장한 장모의 얼굴이나 비대한 몸을 '역전 작부'나 '커다란 짐승'에 비유하기를 주저하지 않는다.

"숭어도 기형이 나온대."

하던 말을 떠올릴 때 얼핏 장모를 연상했던 일이 생각났다. 그래, 장모는 외세 바람이 빚어낸 기형인이야. 그렇다면 그런 기형인은 언제쯤 이땅에서 사라져 줄까. 마치 강 어구에 형성된 사구砂丘같이 그것의 소멸에는 쌓은 만큼의 시간이 필요한 것일까. 만약 그것도 아니라면 앞으로도 계속 오염 인간이 늘어날까.

— 윤정모, 「바람벽의 딸들」

사위 박준기의 시각에서 볼 때, 일본이나 미국에 대한 무조건적 동경을 품고 있는 장모는 "외세 바람이 빚어낸 기형인", "심하게 오염된 기형인간"일 뿐이다. 소설 후반부로 갈수록 사위의 시점에서 이루어진 서술이 많아지므로, 오화인은 더욱 부정적 인물로 고정된다. 그렇다면 하층계급의 표상인 오화인을 부정적인 인물로 조형하고자 한 것이 작가의 의도일까? 사위의 옛 연인 강나루와 관련한 에피소드는 작가의 의도가 무엇인지를 짐작하게 한다. 강나루는 춘향이의 〈옥중가〉가 한문 일색인 점에 강한 불만을 드러낸다. 한문 일색의 시름가는 양반 편향을 드러낼 뿐만 아니라 천민인 모계 혈통에 대한 부정을 의미하기 때문이다. '신춘향전'을 꿈꾸던 강나루의 이야기가 삽입된 이유는 무엇인가? 자신에게 성性/ 성姓을 물려준 모계의 혈통을 지우고자 한다는 점에서 경숙은 춘향이와 닮은꼴이다. 작가의 의도는 오화인을 '기형인간'의 전형으로 폄하하는 데 있는 것이 아니라, 여성 수난사의 주인공인 하층계급의 인물이 어떻게 부인 · 소외되고 있는지를 그리는 데 있다. 왜냐하면 오화인은 여성인

딸에 의해, 남성인 사위에 의해, 마지막으로 독자에 의해 부정됨으로써 다중의 소외를 경험하기 때문이다. 물론 장모를 살해하고자 한 사위의 살인 계획이 불발에 그치는 결말이 다소 모호한 것이 사실이나, 온전한 이해의 대상이 되지 못한 채 소외되는 여성(나아가 민중)의 수난 이야기를 그렸다는 점에서 「바람벽의 딸들」의 의의를 찾아야 할 것이다.

3. 대립항의 설정과 현실의 부정적인 면모

「가자, 우리의 둥지로」는 아메리칸 드림을 꿈꾸며 미국으로 이민 온 윤태민 일가에게 닥친 비극을 다루고 있다. 태민은 한때 영등포 역전에서 깡패짓을 하기도 했지만, 잘 살아보겠다는 소망을 가지고 미국으로 이민을 온 인물이다. 하지만 부자가 되겠다는 일념으로 주 60시간의 노동을 감내하던 태민의 꿈은 제동이 걸리는데, 방해자는 뜻밖에도 아내 '분임이'이다. 이민교회 목사와 불륜에 빠진 아내는 태민에게 이혼을 요구한다. 졸지에 두 딸과 아내를 잃게 된 태민은 가정을 지키기 위해 발버둥을 치지만, 미국의 제도는 그에게 불리하기만 하다. 한 가족을 파탄에 빠뜨린 최종 원인을 어디에서 찾아야 할까? 불행의 최종 진앙지는 '가난'이라고 해야할 듯하다. 가난에서 벗어나고자 발버둥칠수록 가난의 늪으로 빠져드는 것이 자본주의의 모순 아니겠는가? 태민이 가족을 이끌고 이민을 결행했던 것은 가난의 땅인 한국과 달리 미국이 '기회의 땅'이라고 믿었기 때문이다.

> "이십 년만 페이하면 완전히 우리집이야. 고향에 있을 땐 이만한 저택 꿈도 못 꿔보았지, 안 그래?"
>
> 얼마 동안 아내는 집을 가꾸고 호박이며 배추씨를 구해다 뜰에 심기도 했다. 그렇게 해서 호박이나 된장찌개가 식탁에 오르는 날이면 그는 어린애처럼 자신의 소망을 펼쳐 보이기도 했다.
>
> "여보, 난 부자가 되겠어. 땅 부자가."
>
> 슈퍼마켓과 호텔 식당, 하루 두 군데 일을 해도 피곤 때문에 그 소망이 흐트러지거나 상한 것은 없었다. 주 60시간의 일을 마치고 늘어진 개구리 모양 곤한 잠을 자면서도 그는 언제나 흰 말을 타고 영토를 정복하는 꿈을 꾸었다. 1백 에이커! 1백만 에이커! 1천만 에이커! 그 꿈은 차라리 기도했다. 슈퍼마켓에 물건을 수송해 주는 한 동포가 금강산 구경을 하고 왔다고 자랑을 늘어놓았을 때 그는 터무니없게도 이북 지도만큼 미국 땅을 소유하리라 공상을 했다.
>
> — 윤정모, 「가자, 우리의 둥지로」

'땅부자'가 되겠다는 꿈을 키우며 고된 노동을 마다않는 태민이나 "잔디가 깔린 내 집, 그 위에서 뛰노는 자식놈들, 늘 고향 냄새가 나는 어진 마누라"(「내가 낚은 금고기」)를 상상하며 쉬는 날도 없이 일하는 중동노무자나 가족에 소망을 두기는 마찬가지이다. 하지만 '스위트 홈'에 대한 그들의 꿈은 산산조각이 난다. 아내들은 부정을 저지르기 일쑤이고, 가족에게 가장은 '달러박스' 이상도 이하도 아니다. 그렇기 때문에 「가자, 우리의 둥지로」에서 비판의 주된 대상이 되는 것은 미국이나 미국인이라고 할 수 없다. 비판의 초점은 동포를 이용해 자신의 이익을 챙기는 헤리 김과 허목사, 장목사 등에게 맞춰진다. 아니, 오류의 궁극적인 책임은 쉽게 '우리의 둥지'를 버린 태민에게 있는지도 모르겠다. 그렇기 때문에 가족 회복의 희망 역시 고국으로의 귀환에서 발견된다.

> 그래, 돌아갈 사람은 돌아가야 한다. 어쩌면 태민이 이 녀석은 본질적으로 바나나가 되기를 거부하고 있는지도 모른다. 검은 얼굴에 흰 정신을 통탄했던 프란츠 파농……. 그 거대한 혼합 물결에도 본색을 잃지 않은 태민이가 하나의 희망이 될 수 있을까? 누가 말했던가. 이제 단순히 생존하는 것이 아니라 평등하게 살아남는 길은 본색을 지키는 것뿐이라고…….
>
> — 윤정모, 「가자, 우리의 둥지로」

강대국의 문화적, 경제적 자본이 새로운 식민지화를 초래한다는 지적이 황당한 기우만은 아니다. 이러한 위기의식에 대한 작가의 대응방향은 뚜렷한 듯하다. 즉 다문화 · 다민족 사회에서 살아남기 위한 첫 걸음은 자신의 '본색'을 지키는 데서 시작한다는 것이다. 물론 '미국(타국)/ 한국(자국)'을 대립항으로 설정하고 각각을 타락한 땅과 순결한 땅으로 그리는 시각에 문제가 없는 것은 아니다. '미국/ 한국'의 이분법은 '서울/ 고향'이나 '노동자/ 자본가'의 이항대립으로 변주되기도 한다. 서울로 이사해 온 복동이 모자의 설움을 그린 「등나무」의 지향점 역시 「가자, 우리의 둥지로」의 그것과 크게 다르지 않다. "그래, 고향으로 가자. 나와 똑같은 사람들이 살고 있는 내 고향……. 사람이 살다 보면 더러 액신도 날뛰지만 그래도 복동이와 내가 등 비빌 곳은 내 고향 화순이지"라는 복동이 어머니의 다짐은 '고향/ 서울'이 대립항으로 존재하고 있음을 증명해준다. 즉 미국(서울)으로 향했던 헛된 꿈을 거두어 들이고 한국(고향)으로 돌아가야 한다는 신념의 표명인 것이다.

4. 5월광주항쟁의 소설적 형상화

「등나무」(1983)와 「밤길」(1985)의 의의는 5월광주항쟁을 소설의 문면에 등장시켰다는 점에서 찾아야 할 것이다. 특히, 5월광주항쟁에 대해 침묵으로 일관했던 1980년대 초 · 중반의 문학판을 고려한다면 이 소설이 갖는 선구적 성격을 짐작하기가 어렵지 않다. 물론 「등나무」와 「밤길」에서 5월광주항쟁이 서사의 중심을 차지하고 있는 것은 아니다. 「등나무」에서 중심 서사를 차지하는 것은 복동이 모자가 겪는 서울에서의 신산한 삶이다. "집 앞 등나무에 하얗게 피어 있던 꽃"의 이미지, 뚝뚝 떨어져 쌓여가던 등나무 꽃의 이미지가 5월항쟁에 의해 희생된 남편의 죽음을 대신한다. 5월광주의 현장을 빠져나와 서울로 향하는 김신부와 요섭의 행로를 따라 전개되는 「밤길」 역시 '등나무 꽃'의 이미지를 통해 무고한 죽음을 형상화하고 있다.

> ① 마치 지난밤의 비로 인해 무참히 떨어진 자색 등꽃을 바라보고 있을 때였다.
> ② 그날 아침 최초 미사를 끝내고 나왔을 때 맨 먼저 눈에 띈 것이 바닥에 널려 있는 등꽃이었다.
> ③ 자색 등꽃으로 떨어진 주검들이 여기저기 검은 피가 되어 둥둥 떠올랐다.
>
> — 윤정모, 「밤길」

바닥에 널린 '등꽃'은 항쟁으로 인한 희생자들의 죽음을 환기하는 역할을 한다. 등꽃의 비유는 죽음의 직접성을 완화시키는 역할을 하는데, 가톨릭 사제를 화자로 내세운 서술 전략 역시 동일한 효과를 가져온다. 왜냐하면 여러 평자들이 지적했듯이, 소설에 등장하는 기독교적 상징들이 현장성을 약화시키는 대신에 5월광주항쟁을 객관적 입장에서 조망하도록 기능하기 때문이다. 즉 군데군데 삽입된 성경구절과 기독교적 이미지가 서사적인 긴장과 갈등이 폭발하는 것을 저지한다.

> 십자로에서 금남로에서 충장로에서 도청 앞에서 남동 상공에서 사격이 가해졌다. 그것은 죽음의 면허탄이었다. 누구든지 죽을 수가 있었다. 은행 앞에서 호텔 앞에서 차 속에서 거리에서 병원에서 주검은 단죄를

비웃었다. 그날 김신부는 일기장에 "그렇다. 그렇다. 아니다. 아니다"라고 기록했다. 그것은 마태오 5장 37절이었다.

— 윤정모, 「밤길」

신부의 머릿속에 떠오르는 성경의 말씀은 그의 마음이 권력자에 대한 증오와 원한으로 치닫는 것을 막는 역할을 한다. 즉 가톨릭 사제의 눈이 5월광주항쟁의 현장성 및 직접성을 걸러내는 일종의 필터로 작용하는 것이다. 대신 광주항쟁의 전개 과정과 항쟁 직후의 암울한 분위기가 객관적이고 차분한 목소리에 의해 전달된다. 또한 "아무 의미가 없어요. 나의 탈출은……"이라고 자조하며 자신을 '비겁자'로 인식하는 요섭과 달리, 김신부가 시대의 어두운 '밤길'을 걸으면서도 쉽사리 낙담하지 않는 까닭은 성직자라는 그의 직업과 관련을 맺는다. 추기경과 정부 요인을 만나 광주의 상황을 전하더라도 해결점을 찾기 어렵다는 요섭의 현실적인 진단과 무관하게 김신부는 "그래, 요섭아. 그건 나도 알 수가 없단다. 그래도 우린 가야해. 가기 위해 출발했으니까"라고 말하는데, 신부의 결의는 기독교적 소명과 동궤에 놓이기 때문이다. 소설의 마지막 부분인 다음의 인용문을 보자.

"어서 일어나거라. 너의 임무는 아직도 끝나지 않았어."

신부는 요섭을 안아 일으켰다. 요섭은 한참 만에 무겁게 일어났다. 신부는 그의 어깨에 팔을 두르고 걷기 시작했다.

요섭아, 우리도 지금 안전한 곳으로 대피하고 있는 게 아니란다. 거기에도 장벽은 있다. 그 장벽을 깨뜨려 달라는 임무가 우리에게 주어진 거야. 우린 그걸 해내야 돼. 비록 이 밤길이 영원히 끝나지 않는다 해도 이젠 서둘러야 한다.

— 윤정모, 「밤길」

신부의 독백이 강한 울림을 갖는 이유는 "비록 이 밤길이 영원히 끝나지 않는다 해도" 이 길을 걷겠다는 그의 강인한 의지 때문이다. 그것은 어두운 시대에 대한 명확한 인식이자 그 시대의 모순을 극복하겠다는 강력한 의지의 표명이다. 그리고 그것이야말로 광주항쟁 '이후'의 나아갈 길에 대한 올바른 인식이지 않겠는가?

5. '본색' 찾기와 작가적 신념

「신발」은 말 한마디를 잘못 했다가 엄동설한에 경찰서 신세를 지게 된 한 중년 부인에 관한 이야기이다. 그녀가 '간첩용의자'로 몰린 사연은 이러하다. 택시를 타게 된 여인은 기사가 자꾸 불평을 해대자 돈 천원을 더 주면서 참고 기다리면 좋은 날이 올 거라고 위로한다. 그러자 택시기사는 좋은 날을 북한에서 말하는 남조선 해방이라며 그녀를 경찰에 신고한다. 어처구니없는 일이다. 신고한 택시기사나 그녀를 잡아넣은 형사도 정말 그녀를 간첩으로 생각한 것은 아니다. 건수를 올리기 위한 행동이 분명한데, 이 어처구니없는 사건은 1980년대의 억압적 현실을 증명하기에 충분하다. 서로를 믿지 못하고 감시하고 고발하는 이웃, 맞고발을 종용하는 경찰, 자신의 말에 책임을 지라며 실형을 선고하는 판사, 재소자를 인간 이하 취급하는 어린 전경들, 그리고 부당한 대우 앞에서 자꾸 불안해하며 움츠러드는 소시민. 이들은 일상에 만연한 파시즘의 위력이 얼마나 공포스러운 것인지를 짐작하게 해준다.

'신발'로 표상되는 개인의 인격 따위야 전체의 논리 앞에서 무시되기 일쑤이다. 신발을 빼앗긴 죄인들은 어린 전경들에게 능멸에 가까운 대우를 받지만, 어차피 법의 울타리 바깥에 있는 자들이기에 억울한 처지를 호소할 곳도 없다. 인간적인 항변에 대한 대가는 무시무시한 발길질로 돌아온다. 처음에 형사의 취조에 웃으며 여유를 보이던 그녀가 열이틀 동안 어떻게 변했는가? 근무자의 부당한 대우가 없었는지를 묻는 과장에 말에 그녀는 이런 생각들을 떠올린다. "내가 이야길 한다고 해서 정말 시정이 될까. 그 저쿼 같은 아이가 버릇을 고쳐 줄까? 아니야. 이 사람이 그걸 모를 리가 없지. 그렇다면 구태여 묻는 저의가 뭘까." 「신발」의 탁월한 점은 설득력 있는 심리묘사로 사회와 일상에 만연한 반공이데올로기의 폭력성을 드러내고 있다는 것이다.

『밤길』에 실린 작품들의 주요 주제 가운데 하나는 황금만능주의에 대한 비판이다. 목돈을 벌려고 중동에 하역노무자로 떠났던 주인공의 허탈한 내면과 돈과 상품에 열광하는 가족의 세태를 비판하고 있는 「내가 낚은 금고기」(1982)가 대표적이다. 하지만 「가자, 우리의 둥지로」나 「등나무」, 「생각하는 인형」, 「아들」 등의 소설에서 가족을 붕괴시키고 갈등을 초래하는 주요 원인이 '돈'이기 때문에, 이들은 직·간접적으로 황금만능주의를 비판하는 소설이라고 할 수 있다. 단란한 가정을 이루고자 하는 가장들의 소박한 꿈은 어느 소설에서도 실현되지 않는다. 자본주의의 현실이 만만치 않은 까닭이요, 마실수록 심한 갈증만 불러일으키는 것이 자본주의의 속성이기 때문이다.

'깨어진 가정'이라는 불모적 현실에 놓인 이들에게 과연 비전은 있는 것일까? 흐릿하게나마 희망의 빛은 있다. 그것은 앞서 언급했듯이 우선 '본색'을 찾는 것이다. 떠나온 고국으로 돌아가고(「가자, 우리의 둥지로」), 떠나온 고향으로 발걸음을 돌리며(「등나무」), 자식에 대한 부모의 애정을 회복하고(「아들」, 「어머니」), 서로가 서로에게 형제임을 깨닫게 되는 것(「신발」), 그것이 '본색'의 회복 아니겠는가. 물론 본색의 회복에 대한 윤정모의 신념이 순진한 낙관주의에 머물고 있는 것은 아니다. 오히려 부정적 현실이 '영원히 끝나지 않는다 해도' 포기하지 않겠다는 각오이기 때문에 독자에게 큰 울림을 주는 것이 아닐까? 그리고 그 '그럼에도 불구하고'의 작가정신이 있기에, 너무도 달라진 1990년대, 2000년대에도 윤정모는 여전히 다양한 사회역사적 상상력을 펼쳐 보이며 독자와의 소통을 계속할 수 있는 것이 아닐까?

심윤경식 '비극적 영웅들'의 연애담
— 심윤경론

1. '옛날식 정열'을 말하다

작가 심윤경은 독특하고 오만한 소설가이다. 2002년 『나의 아름다운 정원』으로 '한겨레문학상'을 수상하며 등단한 이래, 2004년 『달의 제단』과 2006년 『이현의 연애』를 상재하였으며, 2007년 봄부터 《실천문학》에 '연작소설'의 연재를 시작하였다.[19] 단편소설 중심으로 창작과 비평의 (재)생산이 이루어지고 있는 한국 문단의 풍토를 고려한다면, 장편소설을 향한 작가의 집념과 열정은 남달라 보

19) 이 글이 대상으로 한 작품은 다음과 같다. 『나의 아름다운 정원』, 한겨레신문사, 2002; 『달의 제단』, 문이당, 2004; 『이현의 연애』, 문학동네, 2006; 『연제태후—서라벌 사람들1』, 《실천문학》, 2007 봄호.

인다.[20] 또한 신라시대에서 현재로, 서울 변두리 산동네에서 종갓집 고택으로 시공을 횡단하며 작가가 펼쳐보이는 상상력의 세계는, 같은 또래인 1970년대생 작가의 관심과 다소 동떨어져 있는 것이 사실이다. 하지만 자신만의 길을 걷겠다는 작가적 자존심은, 비주류의 불안을 견디게 해주는 역할을 하는 듯하다. 가령, 『달의 제단』의 '작가의 말'에서 "옛날식 정열"에 대한 결연한 의지를 다음과 같이 내보인 바 있다. "가슴의 뜨거움조차 잊어버린 쿨한 세상의 냉기에 질려버렸다. 맹렬히 불타오르고 재조차 남지 않도록 사그라짐을 영광으로 여기는 옛날식의 정열을 다시 만나고 싶다. 그것이 요즘 젊은 사람이 지레 늙어 버렸느냐고 핀잔을 받더라도"라고.

또한 소설의 등장 인물들은 오만하고 당돌한 열정을 그대로 계승한 작가의 분신들이라 할 만하다. 이제까지 발표된 장편소설들은 상이한 시공간을 배경으로 하지만, 연애, 열정, 비극, 파국, 성장 등의 핵심 단어를 공유하고 있다는 점에서 뚜렷한 공통점을 갖는다. 가

20) 이러한 장편소설에 대한 열정은 작가를 문단의 비주류로 만드는 원인으로 작용한 듯하다. 특히, 가부장제의 허위성이란 가볍지 않은 주제를 탄탄한 서사로 풀어낸 『달의 제단』에 대한 문단의 반응은 홀대에 가까웠다. 오히려 방송매체(KBS TV 문학관)의 영상화를 통해서 이 작품은 다시 주목을 받게 된 듯하다. 심윤경에 대한 본격적인 평론으로 다음을 들 수 있다. 오창은, 「'집'의 상상력과 공감의 '성(性)' 정치—심윤경론」, 《실천문학》, 2005 봄호; 서영인, 「모성의 세계가 이끄는 성장의 과정—심윤경론」, 《작가와 비평》, 2005. 6; 김미정, 「의고擬古 읽기의 두 가지 방법—심윤경의 『달의 제단』을 중심으로」, 《비평과 전망》, 2005 하반기; 하상일, 「진실과 현실 사이의 서사적 기록」, 《문학사상》, 2007. 4; 정혜경, 「기록하는 셰에라자드와의 비극적 연애」, 『이현의 연애』, 문학동네, 2006.

령, 다음과 같은 기본 뼈대를 공유하고 있다. 서술자 역할을 하는 남성 주인공이 있다. 남성 주인공은 자신의 열정의 대상인 여성 인물을 사랑하지만, 그들의 연애는 불가피한 폭력의 개입으로 인해 비극으로 끝난다. 여성 인물의 죽음(혹은 실종)으로 상징되는 연애의 실패를 계기로 남성 주인공은 일종의 인식적 성장을 경험하게 된다. 그런데 이 비극적 서사에서 눈여겨 볼 사항은, 남성 주인공이 '파국'이라 불릴 만한 불가피한 사태의 희생자인 동시에 원인 제공자로 역할하고 있다는 점이다. 즉 연애의 실패가 오직 외부 세계의 폭력에서 비롯한 결과만은 아니라는 뜻인데, 비극의 원인에 자신을 포함시키는 작가의 태도는 외부 세계에 대한 편집증적 증오라는 함정을 피하는 전략과 관련을 맺는다. 그러기에 심윤경이 펼쳐보이는 '비극'은 비장함과 더불어 균형 잡힌 윤리감각을 소유하고 있다고 말할 수 있다.

2. 비극성과 윤리적 균형 감각

1977년에서 1981년까지 배경으로 시대적 비극과 가족사적 비극을 중첩시켜 동구의 실연과 성장을 보여주고 있는 『나의 아름다운 정원』을 보자. 정신적 스승이자 연인인 박영은 선생님의 죽음이 시대적 비극을 상징한다면, 사랑하는 여동생 영주의 죽음은 가족사적 비극에 대한 상징이다. 동구는 안팎으로 사랑의 대상을 상실한 셈인데, 폭력적 정치 현실이 박영은 선생님의 실종을 초래한 것이라면, 영주의 죽음은 할머니와 아버지로 상징되는 가부장제 폭력에 원인을 두고 있다. 하지만 이 여성들의 실종이나 죽음에 대하여 동구는 정말로 아무런 책임이 없는 것일까? 가령, 가족들의 따가운 눈총과 동구 자신의 죄책감이 암시하듯 영주를 죽음에 이르게 한 "직접적인 책임자"는 동구 아닌가? 물론 소년의 미성숙함과 무능력함이 여성 인물의 비극과 관련한 동구의 책임을 어느 정도 면책시켜 주는 역할을 하지만, 그녀들의 불행과 동구가 전혀 무관하다는 증거가 되지는 못한다. 오뚜기 인형을 집어던지며 "떼찌야"라는 훈계로 어머니에 대한 아버지의 폭력을 순식간에 멈추게 했던 영주의 행동과 대조해 볼 때, 동구의 행위는 어머니에게 가해지는 아버지나 할머니의 폭력에 대해 무능력하고 순응적일 수밖에 없는데 이는 한씨 집안의 4대 독자라는 동구의 가정 내 위치와 관련된 것이다.

즉 아버지의 아들인 동구는 명시적으로든 암묵적으로든, 직접적으로든 간접적으로든 아버지의 폭력과 연관되어 있을 수밖에 없다는 것이다. 아버지의 적법한 계승자라는 태생적 한계는 영주와 같은 적극적 행동을 할 수 없게 하는 원인으로 작용하며, 아버지의 아들이자 어머니의 아들이라는 과제 사이의 갈등은 '난독증'과 '말더듬'이라는 증상으로 표면화된다. 즉 '난독'과 '말더듬'의 증상은 언어로 상징화 된 질서 속에서 동구가 아직 자신의 위치를 확보하지 못하고 있음을 비유적으로 보여준다. 동구의 성숙은 박영은 선생님의 실종과 영주의 죽음이라는 사건을 계기로 이루어지는데, 동구는 "아버지인 나를 중심으로 우리 가족이 뭉쳐서 이 아픔을 이겨내 보자. 네 엄마도 지금은 슬픔을 이기지 못해 저러고 있다만 나를 따라줄 것이라고 믿는다. 할머니도 물론이시고, 아들인 너는 더 말할 것도 없다"라는 아버지의 당부를 들으며, 아버지의 중심으로 문제를 해결하려는 방식이 '집착'일 뿐 진정한 해결책이 되지 못함을 인식하게 된다. 이 소설은 '성장소설' 형식을 취한 일종의 '후일담 소설'로 볼 수 있는데, 자신을 가해자인 동시인 피해자로 인식하는 동구의 태도가 확장되기 때문에 시대의 비극은 선/ 악의 이분법으로 재단되지 않는다.

『달의 제단』 또한 조상룡과 정실의 열정적 연애를 기본축으로 하는데, 효계당으로 상징되는 배타적 혈통중심주의에 의해 이들의 사랑은 비극적으로 끝난다. 서안 조씨 17대 종손인 조상룡과 혐오스런 외양에 정신마저 온전치 못한 정실의 그로테스크한 사랑은, 정실의 임신 사실을 안 할아버지가 정실과 그녀의 어머니 달시룻댁을 효계당에서 추방함으로써 파국을 맞는다. "어머니와 누이와 아내와 아이"를 빼앗기는 처참한 상황에 대한 조상룡의 태도는 다분히 무력하고 비겁하다. 조상룡의 무력함을 고려할 때, 언간諺簡을 태우는 할아버지와 반목하고 할아버지와 함께 불 속에서 산화하는 소설의 마지막 장면이 오히려 낯설어 보일 지경이다. 하지만 『나의 아름다운 정원』에서 사랑하는 대상의 상실을 계기로 동구가 성숙의 도정에 오를 수 있었던 것처럼, 『달의 제단』에서 정실과 달시룻댁의 추방이 조상룡의 인식이 변화되고 성숙되는 계기로 작용하였음을 알 수 있다.

뿐만 아니라 『달의 제단』에서 조상룡의 성숙에 중요한 계기를 마련해주는 또 하나의 여성의 죽음이 있는데, 조상룡과 정실의 효계당 서사에 삽입되어 있는 언찰에 등장하는 안동 김씨의 죽음이다. 조상룡은 조상의 봉분에서 발견된 언찰을 현대어로 번역하게 되는데, 인찰은 효계당과 족보로 상징되는 서안 조씨의 문중을 일거에 무너뜨릴 만한 내용을 담고 있다. 왜냐하면 언찰은 손녀딸을 죽여서 다른 집 아들과 바꿔치기하고 며느리에게 자살을 명령한 시아버지의 폭력을 담고 있었으며, 그것은 서안 조씨의 족보가 거짓과 허위에 지나지 않음을 입증하기 때문이다. 안동 김씨와 그녀의 딸의 무고한 죽음은, 17대 종손인 조상룡으로 하여금 자신이 속한 세계의 추악한 진실을 알게 하는 계기이자, 정실과 달시룻댁의 추방에 무력했던 자신이 방관자로서 세계의 폭력에 연루되어 있음을 깨닫게 하는 계기가 된다. 그렇기 때문에 조상룡의 죽음은 조상과 자신의 죄악에 대한 '희생제의'라는 의미를 갖는다.

동구와 조상룡은 패배 속에서 승리하고 승리 속에서 패배했다는 점에서 '비극적 영웅'이라고 할 수 있다. 왜냐하면 사랑하는 사람을 지키지 못했다는 점에서 패배이지만, 실패를 계기로 성숙의 도정 혹은 인식의 전환에 이르게 되었다는 점에서 승리인 셈이기 때문이다. 또한 주인공을 비극의 원인에서 배제하지 않는 태도는, 『나의 아름다운 정원』과 『달의 제단』은 '후일담 소설'이나 '페미니즘 소설'이 갖게 마련이 이분법의 함정을 피하는 성공적인 전략이 된다. 왜냐하면 희생자인 주인공이 폭력 주체의 적법한 계승자라는 사실은, 대타화된 대상에 대한 '편집증적 증오'라는 문제를 해결해 주기 때문이다. 즉 작가가 후일담 소설이나 페미니즘 소설의 한계—선/ 악 혹은 과거/ 현재의 이분법적 도식, 남성/ 여성의 화해불가능한 대립적 구도—를 극복하는, 다른 의미의 후일담 소설, 페미니즘 소설을 쓰는 데 일정 부분 성공했다고 평가할 수 있다.

3. 그는 자신의 욕망을 알지 못한다!

『이현의 연애』는 비극적 연애 서사를 소설의 밑바탕으로 삼고 있다는 점에서 앞의 두 장편소설의 연장이지만, 파국적 결말이 희생제의로 제한되지 않고 인간의 '자유의지'로 긍정된다는 점에서 차별성을 띤다. 그러나 『이현의 연애』가 제목에서 '연애'를 표방하고 있는 바, 이 소설을 한 편의 '연애소설'로 읽어 보자.

연애소설의 남녀 주인공으로 손색이 없는 이현과 이진이 있다. 재정경제부의 공무원인 이현은 재력과 능력, 세련된 화술을 겸비한 인물로 세 번의 결혼과 세 번의 이혼이란 이력이 보여주듯 정력적인 동시에 자신의 욕망에 충실한 인물이다. 이진은 왕족의 혈통을 가진 서정 시인인 아버지 이세와 절세미인인 어머니 사이에서 태어났는

데, "피부에서 살구즙의 향기를 풍기고, 빙하에서 방금 퍼올린 다갈색 구슬 같은 눈"을 가진 아름다운 여인이다. 하지만 이 아름다운 여인은 소설 맨 처음 문장에서 자신을 이렇게 소개한다. "나는 이진. 영혼을 기록하는 여자입니다." 이진이라는 이름 뒤에는 "영혼을 기록하는 여자"라는 서술이 반드시 따라붙을 만큼 '영혼의 기록자'로서의 이진의 정체성은 숙명에 가깝다. 영혼의 기록이라는 소명은, 때로 그녀로 하여금 일상적인 삶이 불가능하게 하고 그녀를 광기와 착란의 상태에 몰아넣을 만큼 피할 수 없는 운명적 문제이다. 이진이 자신의 운명적 사랑의 대상임을 발견한 이현은 이진에게 청혼을 하고 둘은 3년의 계약결혼 관계를 맺게 된다. 이진을 행복하게 하려는 욕망을 버리라는 장인 이세의 충고, 자신의 기록을 보지 말라는 조건을 제시하는 이진의 요구 등은 이 연애서사가 예고된 비극의 수순을 밟아갈 것을 암시해준다. 이현이 경고된 금기를 위반함으로써 이 드라마는 급작스런 결말을 맺게 되지만 암시된 복선이 연애 서사의 긴장을 해칠 정도는 아니다. 그러니까 『이현의 연애』는 충분히 흥미로운 연애소설로 읽힐 만하다.

연애소설의 독법으로 시작했으니, 왜 '이현의 연애'가 실패할 수밖에 없는가를 생각해 보자. 표면적인 잘못은 자신이 무엇을 욕망하는지 알지 못하는 무지함, 그러니까 욕망하지 말아야 할 것을 욕망한 과욕에 있다. 이현은 자신이 이진을 사랑한다고 믿고 있을 뿐만 아니라 이진이 자신을 사랑한다는 잘못된 믿음을 갖고 있다. 하지만 이것은 잘못된 믿음인 바, 이현의 사랑 고백에 대한 이진의 답변은 이러하다. "나에게는 마음이 없는 것 같아요. 마음이 없어서, 당신을 사랑하지 않는 것 같아요. (…중략…) 당신에게도 나를 사랑하지 말라고 하고 싶어요. 당신의 사랑이 나를 변화시키리라는 믿음은 틀렸으니까요. 무엇으로도 나는 변하지 않아요. 당신의 사랑으로도, 헌신으로도, 기다림으로도. 나는 영혼을 기록하는 여자, 이진이에요." 세상에서 창녀를 사랑하는 사내만큼 괴로운 사람, 예정된 실패의 수순을 밟아가는 사람도 없을 것이다. 왜냐하면 창녀와의 사랑은, 숱한 사내와 그녀를 공유해야 한다는 전제에서 출발하기 때문이다. 그렇기에 창녀를 사랑하는 사내에게는, 그녀를 행복하게 해주려는 욕망을 가지지 말며 그녀를 단독 소유하려고 욕망하지 말 것이라는 금기사항이 주어진다(이것은 장인인 이세의 충고이기도 하다). '마음'이 없어서 "아무도 사랑할 수 없어요"라고 발화는 "모든 사내를 사랑해요"라는 발화와 의미론적으로 동일하며, 아무도 사랑할 수 없는 여자를 사랑한 이현의 고통 또한 창녀를 사랑한 사내의 그것과 동일하다. 왜냐하면 아무것도 없다는 것은 너무나 많다는 것과 똑같기 때문이다. 그러기에 '아무도 사랑할 수 없다'는 이진의 고백을 들은 이현은 부정한 연인을 대하듯 "가증스럽고 뻔뻔해"라고 외친다.

하지만 '이현의 연애'가 비극으로 귀결되는 근원적인 원인은, 자신의 욕망을 포기하지 않는 이현의 열정에서 찾아야 한다. 이현은 자신의 헌신으로 이진이 변화하리라 확신했지만, 그의 '헌신'은 그야말로 '헌신짝'처럼 버려졌다. 이현의 연애의 비극성은 이진의 죽음에 있는 것이 아니라, 이진이 죽지 않았다는 사실에 있는 것이다. 왜 이진은 죽지 않았는가? 그녀를 꼭 닮은 딸이 탄생했고, 배신의 고통을 육체에 각인하는 '류마티성 관절염'이 발병했기 때문이다. 이는 이현의 금기 위반에 대한 징벌인 동시에 그가 '망각'을 부인하고 있다는 증거이기도 하다. 망각은 용서인 바, 그가 이진을 망각한다면 질병의 고통에서 해방될 수 있을 터이지만, 이현은 육신의 고통이란 '수난'을 감수하면서도 자신의 '열정'을 포기하지 않는다. 이것이 어리석고 무모한 열정주의자 이현이 갖는 영웅성이라고 할 수 있다. 자신의 욕망에 충실한 이현에게 '영웅적'이라는 수사를 사용한 이유는, 그의 열정이 운명에 대한 저항이자 인간의 자유 의지에 대한 옹호라는 의미를 갖고 있기 때문이다.

4. 다시 쓰기: 운명을 받아들이는 동시에 부인하는

'이진의 기록'이라는 제목 아래 실린 〈창세기〉는 이현의 선택이 왜 영웅적인가를 짐작하게 해준다. 주인공 젊은 부목사의 고민은 자비로운 하나님이 왜 인간에게 고통을 허락하는가라는 질문으로 요약될 수 있는데, 가족의 갑작스런 죽음으로 부목사의 고민은 극대화되고 그의 고민은 '창세기'에 대한 재해석으로 해결된다. 그의 해석에 따르면, 아담과 이브는 사탄의 유혹에 의해 죄를 짓고 낙원에서 추방된 것이 아니라, 창조주를 닮은 삶을 살기 위해 자발적으로 낙원을 떠났다는 것이다. 성경에 대한 다분히 인간주의적인 해석이 옹호하는 바는 결국 '인간의 자유의지'인데, 이 해석에 의해 전지전능하며 자비로운 신과 불가해한 인간의 고통이라는 양립불가능한 딜레마는 해결된다. 그렇다면 패배의 운명이 결정되어 있는 불합리한 상황에서 인간이 인간다울 수 있는 유일한 길을 '그럼에도 불구하고' 운명에 저항하는 것밖에 없다. 그리고 그것이 '비극적 영웅'에게 허락된 유일한 길일 것이다. 때문에 '비극적 영웅'은 '한계상황 Grenzsituation'으로 인도되며 거기에서 '인간이란 무엇인가'라는 근원적인 질문에 직면하게 될 것이며, 지금까지의 자신의 신념이 그릇된 믿음이었음을 깨닫고 새로운 '인식의 지도'를 그려나가게 될 것이다.

『나의 아름다운 정원』과 『달의 제단』이 한계상황에 직면한 주체가 자신의 잘못된 믿음을 깨닫고 속죄하는 데서 멈추었다면, 『이현의 연애』의 주인공은 자신이 기록자가 됨으로써 자신의 가혹한 운명을 받아들이는 동시에 운명에 저항하는 데까지 나아갔다고 볼 수 있다. 소설의 후반부, 특히 〈나는 그를 사랑했다〉 이후에 이르면, 과연 이것이 누구에 의한 기록인가라는 의문이 제기된다. '이진의 기록'이라는 명시적인 지시가 제시되어 있긴 하지만, '공정성'을 위한 '공개불원칙'을 원칙으로 삼는 '이진의 기록'이 과연 공개될 수 있는 성질의 것인가라는 의문을 버릴 수 없기 때문이다. 특히 이현에 의해 찢겨져 나간 노트를 두고 고민하는 장면 바로 뒤에 이진이 사망하기 때문에 이 부분의 기록자가 이진이라고 보기는 어려울 듯하다. 마지막 장 〈나는 이현입니다〉의 뒷부분에서 "모든 것을 뒤늦게 깨달은 자의 견디기 힘든 회한으로, 나는 이 노트의 마지막을 기록합니다"에 오면 기록의 주체가 이현이라는 사실을 알게 된다. 하지만 마지막 장이 이현에 의한 기록이라는 사실은, 이 소설 전체가 이현의 기록일 수 있다는 암시이기도 하다.

아니, 누가 기록했는가의 문제를 떠나서 이현에 의해서 공개될 수 없던 기록이 공개되었다는 사실만은 분명하다. 왜냐하면 이현의 금기위반만이 공개될 수 없는 기록의 봉인을 해제하는 열쇠였기 때문이다. 이현의 '다시 쓰기'는, 그가 이제까지 부인하던 것을 용인하는 행위(자신의 욕망에 대한 무지함, 무의식적 욕망의 존재)인 동시에, 기록은 공개될 수 없다는 원칙을 거부하고 부정하는 행위인 셈이다.

5. 또다른 '비극적 영웅'을 기대하며

'수난'을 감내하지 않고 '열정'의 이윤만 챙기는 경제원칙이 작가 심윤경의 소설 세계에서는 불가능해 보인다. 그리고 이 열정과 수난이야말로 인간 자유의 전제라고 작가는 굳게 믿고 있는 듯하다. 작가의 세계관이 옳고 그른가를 잠시 차치하더라도 이점 때문에 심윤경이 남달라 보인다는 점은 인정해야 한다. '쿨(cool)'과 '세련'이 동의 어로 통하는 바야흐로 'post-' 시대에 '열정'과 '뜨거움'이라니. 물론 동시대의 작가와 다른 경향을 보이고 있다는 이유만으로 작가에게 호의를 베풀어야 할 까닭은 없다. 단, 심윤경이 선보이는 '비극성'의 독특함과 윤리성은 눈여겨볼 필요가 있다는 말이다. 물론 여러 평자의 지적대로, 작가는 자신이 던지는 질문을 지금—여기의 현실과 관계맺는 방법에 대해 더 고민할 필요가 있을 듯하다. 작가가 얼마 전 신라시대를 배경으로 한 '연작소설' 「연제태후-서라벌 사람들1」을 연재하기 시작하였다. 작가 스스로는 "유교와 불교라는 새로운 두 개의 종교를 맞이하는 서라벌 사람들의 복잡한 심경을 미루어 짐작해보려고 한다"고 말하고 있다. 토속적인 관습과 종교 행위에 절대적 신념을 보이는 '연제태후'나 불교의 전승을 위해 죽음까지 불사하는 '이차돈'은 이제까지 심윤경 소설에 등장하던 '한계상황'에 직면하는 비극적 인물들과 크게 다르지 않은 듯하다. 신라시대로 고공비행을 시도하는 작가의 상상력이 지금—여기에서 또다시 멀어진 게 아닌가 하는 우려가 들기도 하지만, 작가가 어떤 방식으로 인간의 한계를 시험하며 생동하는 인물을 주조해낼지 기대해 본다.

최근 역사소설 경향에 대한 시론試論

— 김영하 『검은꽃』, 성석제 『인간의 힘』

1. 역사의 소설화, 그 발생학적 기원

2000년대 소설의 특징적 경향으로 역사소설의 대거 등장을 들 수 있다. 김훈 『칼의 노래』(2001), 황석영 『손님』(2001), 성석제 『인간의 힘』(2003), 김영하 『검은꽃』(2003), 이청준 『신화를 삼킨 섬』(2003) 등이 그러한 예이다. 작가의 지명도나 작품의 완성도 어느 것을 두고 보더라도, 역사의 소설화 경향을 작가 개인의 취향이나 단순한 우연으로 치부하기는 어려울 듯하다. 물론 이 소설들을 모두 역사소설이란 동일 장르로 묶을 수 있느냐고 질문할 수 있다. 가령 성석제의 경우, 자신의 소설이 역사소설로 불리는 것에 대해 상당한 부담감을 드러낸 바 있다. 그는 자기 소설은 그저 역사에서 소재를 취한 소설일 뿐이라고 말한다. 하지만 단순히 과거 역사에서 소재를 취했을지라도, 과거의 역사를 소설화한 소설이라는 점에서 역사소설이라는 범주화가 가능해진다.

그러나 정작 중요한 일은 최근 들어 역사소설이 대거 등장하게 된 발생학적 기원을 더듬어보는 것이다. 2000년대의 역사소설은 역사의식의 고취라는 목적 아래 창작됐던 개화기의 역사소설, 민중적 영웅이 등장하는 1960, 70년대 역사소설, 상업자본과 결탁한 1990년대의 역사소설과 일정한 거리를 두고 있다. 우리는 2000년대의 사회역사적 맥락을 고려할 필요가 있다. 어떤 무의식적 욕망이 기성 작가들로 하여금 역사소설을 창착하도록 추동하는가를 해명해야 한다. 1990년대를 이른바 총체성이 사라진 시대라고 표현하곤 한다. 1990년대 문학은 이전 시대의 그것과 전혀 다른 길을 개척하며, 문학의 새로운 지형도를 만들어 왔다. 소설가들은 사회적 '광장'을 폐기하고, 깊은 내면의 '방'을 찾아 떠났다. 그들은 비전과 열정을 잃은 대신, 환멸과 냉소에 익숙해져 갔다. 1990년대 소설은 내면과 일상, 그리고 여성의 삶이란 제한된 주제에 한참동안 머물러야만 했다.

그렇다면 역사소설의 경향은 1990년대 소설 경향에 대한 일단의 반작용이라고 말할 수 있다. 개인과 일상의 '밀실'로만 치닫던 흐름이 역사의 '광장'으로 무게 중심을 옮긴 것으로 이해할 수 있다는 뜻이다. 그렇다면 관심이 개인의 밀실에서, 다시 광장으로 옮겨진 이유는 무엇일까? 혼자만의 밀실에서의 고독과 불안이 다시 역사의 광장을 요구한 것은 아닐까? '아비 찾기'와 '고향 찾기'야말로 존재의 불안에 시달리는 개인이 취하게 되는 본능적 노력일 것이다. 역사의 장場을 통해 자아 정체성을 마련하고자 하는 욕망이 2000년의 역사소설을 출현시킨 동기가 아닐까라는 추측이 가능하다는 것이다.

존재의 근거 마련을 위해서는 행복하고 화려한 과거를 회상하는 게 손쉬운 방법이다. 그러나 최근 등장한 역사소설들은 죽음이 넘쳐흐르는 전쟁의 오욕과 상처의 기억으로 거슬러 올라가는 경향을 보인다. 치욕과 상처의 기억을 다루고 있는 소설들은 낭만적 도피나 자기 기만의 유혹을 과감히 넘어선다. 이 글에서 다루게 될 『인간의 힘』과 『검은꽃』 역시 전쟁을 역사적 배경으로 한다. 『인간의 힘』은 임진왜란, 정묘호란, 정유재란 등 조선 최대 수난시대를 역사적 배경으로 삼고 있고, 『검은꽃』은 서구 열강에 의해 국권이 유린되던 개화기를 배경으로 한다. 이 글은 『검은꽃』과 『인간의 힘』을 비교하며 최근 역사소설의 경향을 점검하고자 한다. 관찰의 시선이 『검은꽃』에서는 국외에, 『인간의 힘』에서는 국내에 위치해 있는 것이 특징적이며, 공통적으로 전쟁과 집떠남이 중요 모티프로 나타나지만 그 의미가 전혀 다르기 때문에 두 작품은 좋은 대조의 대상이 된다.

2. 엑소더스, 그러나 가나안에 이르지 못하는

김영하의 『검은꽃』은 멕시코로 이민을 떠났던 대한제국인들의 삶을 그리고 있는데 줄거리를 요약하면 다음과 같다. 1905년 4월 일포드 호는 1,033명의 대한제국인을 싣고 제물포를 떠난다. 일포드호에는 멕시코에서의 새로운 삶에 기대를 건 사람들이 탑승하고 있었는데, 그들의 신분은 궁중내시, 박수무당, 도둑, 파계신부, 고아, 제대군인, 농민으로부터 몰락한 황족에 이르기까지 다양하다. 그러나 40일의 항해 끝에 그들이 도착한 멕시코는 행복의 땅이 아니었다. 그들은 채무노예로 팔려온 것이었고, 에네켄 농장의 강제노동과 채찍이 그들을 기다릴 뿐이었다. 제대군인을 중심으로 파업이 이뤄지기도 하지만 에네켄 농장의 생활은 그다지 나아지지 않는다. 누군가는 농장을 탈출하다가 죽음을 당하기도 하고, 또 누군가는 무사히 탈출하기도 하지만, 대부분의 사람들은 농장생활에 적응하며 살아간다. 계약 기간인 4년이 끝나지만 그때는 돌아가야할 조국이 사라졌다. 조장윤을 비롯한 사람들은 숭무학교를 세우기도 하고, 농장을 탈출했던 김이정은 한창인 멕시코 혁명에 개입하기도 한다. 김이정을 비롯한 40여 명이 과테말라 혁명에 용병으로 참가해 달라는 제의를 받고 과테말라로 떠난다. 그들은 띠깔에 신대한新大韓이란 작은 국가를 세우기도 하나 결국 정부군의 공격으로 죽음을 맞게 된다.

제물포 항을 떠난 사람들은 40일간의 항해를 거쳐 멕시코에 도착하게 된다. 항해 부분은 전체 소설의 약 1/4을 차지하고 있을 뿐만 아니라, 근대이행의 한 장면을 압축적으로 제시한다는 점에서 주목을 요한다. 배 위에서의 40일의 기간은 전근대의 대한제국에서 근대의 멕시코로 옮겨지는 데 요구되는 시간이다. 40이란 숫자는 상징적이다. 애굽을 탈출한 이스라엘 민족은 40년 광야생활을 거쳐서 약속의 땅, 가나안에 이르렀다(『검은꽃』에 흩어져 있는 기독교적 메타포를 발견하는 것은 어려운 일이 아니다). 40년의 광야생활은 신에 대한 불순종의 결과였지만, 한편으로는 이집트에서의 구습을 벗어 버리기 위한 시간의 장치이기도 했다. 마찬가지로 40일의 항해는 이주민들에게 새로운 정신, 새로운 육체를 덧입히는 데 요구되는 시간이다.

바다 위에 떠있는 일포드 호는 새로운 영토로 진입하기 위한 관문이면서, 그 자체로 또 하나의 새로운 영토이다. 그러므로 선실에서는 대한제국의 가치규범이 통하지 않는다. 이제 더 이상 양반과 평민, 귀족과 천민이라는 신분의 구별은 무의미하다. 양반과 천민이, 여자와 남자가, 죽음과 탄생이, 온갖 오물, 토사물과 섞여 선실 바닥을 내뒹군다. 이들의 항해는 근대를 향한 현기증 나는 이탈이다. 근대로의 이행은 결코 순조롭지 않으며, 토악질과 구토, 배멀미와 같은 부적응증을 동반한다. 일포드 호의 선실은 전근대적 육체와 정신을 근대적 그것으로 재탄생하게 하는 거대한 괴물의 뱃속이다. 황족의 딸 이연수는 자신의 육체성을 명백히 깨닫는다. 일포드 호에 오르고서야 "자신이 육체라는 작은 감옥 안에 갇혀 있는 약하고 무력한 존재"라는 자신의 한계를 깨닫는다. 이연수가 천민 고아 출신인 김이정에게 첫눈에 반하고 별 주저없이 그와 육체적 관계를 맺을 수 있었던 것은, 그녀가 근대적 육체와 정신을 재빠르게 익혀갔기 때문이다.

그러나 모든 사람이 새로운 사회에 적응할 수 있었던 것은 아니다. 사회적 기반이 없는 사람들일수록 적응이 빠르다. 학식과 혈통은 오히려 적응을 가로막는 방해물이 된다. 고종황제의 사촌인, 황족 이종도가 가장 심하게 부적응증을 보이는 것은 당연한 결과이다. 반면에 혼란의 도가니 속에서 재빠른 적응력을 발휘한 사람은 고아인 김이정, 도둑인 최선길, 객지생활에 익숙한 제대군인들이다. 적응속도가 빠른 이들에게 또 하나의 공통점이 있는데, 그것은 이들에게 아버지가 없다는 점이다. 군인 조장윤의 아버지는 황해도의 포수였는데 중국으로 떠나서 돌아오지 않았고, 김이정의 아버지는 임오군란인가 동학난인가 때에 죽었고, 통역 권용준의 아버지는 중국에서 돌아오던 중 해적에게 죽었고, 박신부의 아버지는 고기잡이를 나갔다가 죽었다. 현실에서 한없이 무력한 이연수의 아버지는 살았으나 죽은 것이나 다름없다. 정신적 의지처인 아버지가 없는 아들들은 새로운 상황에 손쉽게 적응할 수 있을 뿐만 아니라, 새로운 세계로의 진입이 그들에게는 필수적으로 요구된다고 하겠다. 아비 없는 이들은 새로운 세계에서 새로운 아버지를 찾거나, 아니면 자기 스스로가 아버지가 되어야 하기 때문이다.

하지만 전근대적 성격이 일시에 무너지고, 그 자리를 근대적 성격이 대신하게 되는 것은 아니다. 근대와 전근대의 모습이 뒤엉키고 섞여서 드러나는 것이 현실의 자연스런 모습일 것이다.

> 독일 선원들이 밝혀놓은 가스등이 위에서 이 모든 장면을 희미하게 내려비추고 있어 장면은 실제보다 더욱 잔혹하게 보였다. 피와 어둠, 춤과 노래, 시체와 무당이 빚어내는 어지러운 축제는 돌림병에 직면한 농경 민족의 피를 데웠다. 핏속으로 흐르는 리듬이었다. 그들은 눈물을 흘리며 굿 속으로 빠져들어갔다. 우는 자, 기절하는 자가 속출하였다. 선교의 독일 선원들은 히죽거리며 갑판의 소동을 내려다보고 있었다.
>
> — 김영하, 『검은꽃』, 문학동네, 2003, p.66.

배안에 이질이 유행하게 되자 두 사람이 죽어 넘어가고 더 많은 희생자가 생겨날 위험에 처하게 되자, 사람들은 이민자들 중에서 박수무당을 찾아내고 더 이상의 희생을 막기 위한 굿을 벌인다. 근대화는 탈주술화, 탈신비화의 과정이다. 제물의 피를 바치며 황홀경으로 빠져드는 굿이야말로 근대와 가장 대척적인 자리에 놓인다. 인간의 의지로 어찌해 볼 수 없는 질병의 폭력 아래서, 근대의 합리적 공간으로 이행하던 사람들이 다시 주술적인 전근대적 세계로 퇴행하게 된 것이다. 근대계몽의 상징인 밝은 '가스등' 아래에서 주재되는 '굿' 장면은 근대와 전근대의 공존을 상징적으로 보여준다. 이 혼란과 뒤엉킴의 양상이야말로 근대이행의 정직한 반영일 것이다. 그러나 이것은 일시적인 퇴행일 뿐 시작된 근대의 기획은 멈춰지지 않는다. 이질의 유행이나 굿판에 아랑곳하지 않고 일포드 호의 항해가 계속되는 것처럼 말이다.

항해 부분이 근대이행의 모습을 축약적으로 보여준다면, 소설의 후반부는 이정의 이력을 통해서 국가의 문제를 진지하게 성찰하게 한다. 1,033명의 멕시코 이민자들은 대한제국에서 희망을 찾지 못하고 그 나라를 자발적으로 떠난 사람들이다. 하지만 다른 한편으로 그들은 국가로부터 버림받은 사람들이기도 하다. 더 이상 쓸모없는 구식군대의 군인, 망해가는 제국의 내시와 황족과 같이. 그래서 이들은 국가에 대해 호의적이지 않다. 김이정에 의해 개진되고 있는 국가에 대한 고민들은 작가 김영하의 고민을 반영하고 있는 것이라고 해야할 듯하다. 이정의 정치의식은 무정부주의자의 그것에 가깝다. 무정부주의자인 그가 멕시코 혁명에 적극 가담하는 것이 모순적으로 보이기도 한다. 하지만 그가 혁명에 가담한 이유는 '칼'과 '총'에 대한 매력 때문이다.

그러므로 이정이 산적 출신인 비야의 군에 속하게 된 것도 우연이 아니다. 즉흥적이고 충동적인 성격에 국가나 제도, 법률을 싫어하는 비야는 가장 남성다운 남성이고, 그가 이끄는 전쟁은 가장 남성적인 전투가 될 것이기 때문이다. 비야와 가장 상반되는 성격을 가진 사람이 오브레곤이다. 비야군과 오브레곤군에 각각 용병으로 배치된 김이정과 박정훈 역시 마찬가지이다. 유능한 포수이자 군인이었던 박정훈은 우여곡절 끝에 이연수와 이정의 아이를 맡게 되고, 오브레곤군의 용병으로 발탁되어 전투에 참가하게 된다. 김이정과 박정훈은 정반대 유형의 사람이다. 이정은 게릴라이고, 정훈은 정규군이다. 정훈이 속한 오브레곤 군대는 흩어지고 분산된 힘들을 규합하여 다시 국가장치로 복속시키기 위해 전쟁을 치르고 있다. 반면 이정이 속한 비야군은 국가나 법률, 제도를 전제하지 않고 있기 때문에 그야말로 싸우기 위해 싸우고 있는 것이고, 결과적으로 비야군의 전쟁은 국가의 통합을 저지하는 기능을 한다. 즉 정훈의 군대가 국가로 통합하기 위한 전쟁을 하고 있다면, 이정의 군대는 국가통합을 해체하고 저지하는 전쟁을 하고 있는 셈이다. 이정의 삶이 '유목민'적이라면, 정훈의 삶은 '정착민'적이다. 정훈은 땅에 정착해서 아내와 아이를 돌보기를 소망한다. 그러나 이정의 삶은 떠남 자체가 목적이다. 원했건 원하지 않았건 간에, 그는 대한제국에서 멕시코로, 다시 전쟁의 한복판으로, 그리고 과테말라로 멈추지 않고 떠나가게 된다.

이정은 "국가가 영원히 사라질 수 있을까? 그렇게 된다면 어떻게 될까?"라고 질문한다. 그의 경험에 의하면, 국가의 존재가 구성원의 행복을 보장해준 적은 없었다. 그의 생각은 미겔이라는 무정부주의자 병사의 생각과 포개어지면서, "국가야말로 만악의 근원이다. 그런데 국가는 사라지지 않는다."라는 아이러니에 봉착하게 한다. 국가는 "만악의 근원"이고 구성원에게 어떤 행복도 보장해주지 못하지만, 한번 시작된 근대의 기획이 되돌려지지 않은 것처럼 국가라는 장치는 결코 사라지지 않으리라는 우울한 전망이다. 무정부주의라는 형태가 있긴 하지만 그것 역시 국가의 한 양태에 불과하다. 아이러니한 상황에서 해결방법은 두 가지이다. 국가장치로 돌아가 국가에 복속되거나 "영원한 혁명"을 지속하는 것. 이정의 생각은 전자보다는 후자에 가깝다.

그렇다면 국가에 복속되기보다는 "영원한 혁명"을 지속하고자 했던 이정이 결국 과테말라에 신대한이란 국가를 세우고 마는 것은 단순한 모순일까? 이정은 역설적으로 국가로부터 자유로와지기 위해서 국가를 세웠다고 할 수 있다. 이정은 국가의 마력이 얼마나 강력한 것인지, 개인이 얼마나 무기력하게 그 힘에 종속되고 마는지를 일본인 요시다를 통해 깨닫게 된다. 요시다는 이정에게 "멕시코에 사는 한인들은 1910년부터 모두 일본인으로 국적이 바뀌"었으며 그래서 "너도 일본인"이 되었다고 말해준다. 일본인이 되겠다고 한 적이 없다는 이정의 대답에 요시다는 말한다. "언제부터 개인이 나라를 선택했지? 미안하지만 국가가 우리를 선택하는 거야." 국가와 개인의 관계를 시사하는 말이다. 이정은 "반상과 귀천이 구별이 따로 없는" "미니 국가"를 세우고 스스로 그 국민이 된다. 그것은 자기가 원하지 않는 나라의 국민이 되지 않기 위해서, 즉 대한제국에도 일본에도 속하지 않기 위해서 그가 택해야 했던 딜레마였다. 또한 신대한의 건국과정은 국가란 본래부터 존재했던 신성한 것이 아니라, 필요에 의해서 위로부터 주어지는 "상상의 공동체"에 지나지 않음을 폭로하는 기능을 한다.

3. 가출, 그러나 항상 제자리로 돌아오는

『인간의 힘』은 액자소설의 구조를 취하고 있다. '나'는 외숙이 추진하는 신도비 제막식에 참석하게 되는데, 거기서 채동구라는 먼 조상의 삶에 흥미를 느끼게 된다. 조선양반 채동구의 삶이 내부액자를 이루는데, 그는 나라를 구하기 위해 네 번이나 집을 나섰다는 것 말고는 별다른 이력을 남긴 게 없는 인물이다. 임진왜란의 와중에 태어난 그의 삶에는 전쟁이 그치지 않았다. 이괄의 난과 같은 내란에서부터, 정묘호란, 병자호란 같은 외세의 침입에 이르기까지. 그는 전쟁의 소식을 접할 때마다 임금과 나라를 구해야 한다는 일념으로 분연히 집을 나선다. 그때마다 공주로, 강화도로, 남한산성으로 달려가지만 두 번은 너무 늦게 도착해서, 마지막은 힘이 없어서 제구실을 하지 못하고 돌아온다. 채동구의 인생이 전쟁과 깊이 연루되며 전쟁이 벌어질 때마다 집을 떠나게 되는 사정은, 『검은꽃』의 김이정의 이력과 비슷한 부분이다. 그러나 『인간의 힘』의 가출과 전쟁은, 『검은꽃』의 떠남이나 전쟁과는 성격과 방향이 전혀 다르다. 김이정의 떠남이 항상 새로운 영토를 향한 탈주였던 데 반해서, 채동구의 가출은 집으로 돌아올 것을 전제로 한 일시적 이탈이다. 채동구의 떠남은 현실에 더 단단히 정착하기 위한 떠남이고, 그래서 강력한 구심력의 자장 아래 놓여 있는 떠남이라 할 수 있다. 떠나는 것 자체가 목적이 아니라, 굳센 의지를 시험하고 단련한 후 다시 돌아오기 위해서 떠나는 것이다.

동구의 의분을 이해하지 못하는 사람들은 그를 조롱하고 비웃는다. 하지만 전쟁을 향한 그의 지대한 관심은 식을 줄을 모른다. 동구는 두 가지 형태로 전쟁에 참여한다. 하나는 실제 전쟁이고, 다른 하나는 상소를 통한 투쟁이다. 그는 실제 전쟁에는 참여하지 못하거나 참가하더라도 실질적인 업적을 이루는 데 실패한다. 1차 가출에서 역적 이괄을 응징하기 위하여 부지런히 공주로 갔지만 난은 이미 진압되었고, 강화도로 향했던 2차 가출 역시 상황은 마찬가지였다. 3차 가출에서는 전장의 한가운데로 진입하는 데는 성공하지만, 용맹도 지략도 갖추지 못한 동구가 할 수 있는 일은 아무것도 없었다. 냉정하게 말해서 그가 한 일이라고는 군량미를 축낸 것밖에는 없다. 더 이상 전쟁이 없는 시절이 되자, 동구는 몇 차례에 걸쳐 임금에게 곡진한 상소문을 올린다. 동구는 상소라는 형식을 통해 나라와 임금을 향한 충성심을 전달하고자 한다. 오직 자신의 충정과 직언이 전달되기를 간절히 바라며 상소를 쓰고 또 고치기를 반복하며 시간을 보낸다. 동구의 행동은 벼슬없는 시골양반의 상소가 중앙에서 어떤 영향력을 행사할 수 있는가는 고려하지 않은 것이기 때문에 더욱 무모하고 어처구니없게 느껴진다. 자신의 한계를 인정하지 않고 끝끝내 전쟁의 한복판으로 고집스럽게 진입하고자 하면 할수록 채동구의 모습은 점점 우스꽝스러워질 수밖에 없다.

과연 전쟁이란 그에게 어떤 의미이며, 그를 전쟁의 한복판으로 몰아넣는 추동력의 정체는 무엇일까 궁금하지 않을 수 없다. 그가 달려가는 전쟁터의 중앙에는 조선 권력의 상징인 임금이 자리하고 있었다. 세 번의 가출 모두에서 그가 돌진해 간 곳은 적과 싸우기 위한 전쟁터가 아닌, 임금이 피난해 있는 피난지였다. 전쟁의 한복판으로 달려가는 그의 힘은 권력에 대한 의지라고 볼 수도 있지만, 임금과 국가를 동일시하는 데 익숙한 유교적 세계관에서 본다면 그의 행동은 악의 없는 충성심으로 이해될 법도 하다. 동구에게 적은 명확하다. 왕권에 도전하고 유교적 질서를 위협하는 무리들, 이괄 같은 역적이나 청나라, 청나라의 편에 서있는 주화파가 명백한 적들이다. 전쟁이 없는 태평한 시절에는 상소를 통해 불의한 적들과 한판 승부를 벌인다. 채동구가 수행한 전쟁은 국가와 왕권을 옹호하고 강화하기 위한 전쟁이고, 오로지 국가와 임금에게 복무하는 전쟁이다. 동구의 전쟁은 『검은꽃』의 비야군의 전쟁과 상반되며, 오히려 오브레곤군의 전쟁과 유사한 성격을 띤다.

그렇지만 채동구를 유교적 세계관에 충실한 지사적 인물로 보기는 어려울 듯하다. 명선이 하나를 데리고 떠났으면서도 자신의 공을 내세우기 위해 "여럿"이라고 상소를 조작하는 행태, 살아남기 위해 시체 더미 아래서 꼼짝 않고 있어 놓고도 큰일을 했던 양 떠벌리는 허영심, 청나라에 끌려가서 임금이 하사한 은전과 바꾼 사슴고기를 몰래 삼키며 배고픔을 달래는 용렬함 등은 지사적 풍모와는 너무도 거리가 멀기 때문이다. 그는 허영과 이기심과 헛된 욕망에 쫓기는 너무나 인간적인 인간일 뿐이다. 그를 유별난 인간으로 만들어 주는 특이성이 있는데, 지나칠 정도로 임금과 국가의 문제에 민감하다는 것과 결심한 것을 반드시 행동으로 옮기고 마는 실행력이 그것이다. 나라와 임금을 향한 동구의 마음이 얼마나 진실한 것이냐는 별개의 문제이다. 그렇다면 채동구는 이제까지 성석제의 소설에서 숱하게 마주쳤던 바로 그 인물이다. 책을 사모으는 일에 광적으로 집착하는 당숙, 죽음 직전까지 술을 마셔대던 술꾼, 자신의 전 인생을 춤과 도박판에 던졌던 제비와 도박꾼들. 채동구는 그들의 또다른 변주이거나 혹은 그들의 기이함을 한 몸에 지닌 완결판이다. 성석제식 인물들은 초지일관으로 자기가 택한 삶을 끝까지 밀고 나갔었다. 현실에 넘쳐나는 비루한 일상인과 대조되면서 그들의 집념 어린 삶이 그로테스크하면서도 한편으로 비장하게 다가왔던 것이 사실이다. 하지만 그들이 추구하는 대상은 논리적, 합리적 명분을 결여하고 있기 때문에 그들의 노력이 진지할수록 그들은 더욱 우스꽝스러워진다. 나라를 구한다는 가출의 명분이 별다른 설득력을 얻지 못하므로 동구의 행동은 더욱 희극적이 되고 만다.

또한 『인간의 힘』은 서로 다른 서술자에 의해 쓰여진, 서로 다른 텍스트를 동시에 보여줌으로써 희극적 효과를 높이고 있다. 소설에는 크게 세 가지 층위의 이야기가 있는데, '채동구의 실제 삶/ 『만구선생실기』의 행장이나 상소문, 『조선왕조실록』/ 소설 『인간의 힘』이 그것이다. 『검은꽃』에서는 조선왕조실록이 개연성을 높이기 위해

인용되었지만, 『인간의 힘』에서는 희극적 효과를 위해 제시된다. 행장의 한 부분은 "공이 일곱 살에 서당에 갔는데 스승이 없는 동안 뭇 아이들이 책을 덮고 장난만 치므로 뭇 아이들을 향해 너희가 공부는 하지 않고 이럴 수가 있느냐고 크게 책망하니 아이들은 엎드려 잘못을 빌었고 당상에 앉아 서로 종아리를 치게 하자 그 뒤로는 공을 스승과 같이 두려워하게 되었다"라고 말하며 범상치 않았던 동구의 어린시절을 예찬한다. 하지만 이야기의 전말은 행장의 내용과 사뭇 다르다. 동구가 서당에 처음 오게 되었는데 아이들로부터 말이 되라는 요구를 받자 두려움과 광기에 사로잡혀 명선이에게 회초리를 휘둘렀다는 것이다. 소설은 행장이 실제 이야기를 터무니없이 과장한 예를 보여줌으로써 웃음을 유발할 뿐만 아니라, 행장이라는 실기實記의 권위를 떨어뜨리는 효과를 가져온다. 다른 부분에서는 "실제로 있을 법한 부분은 행장 같은 데는 나오지는 않는 법"이라고 말하여 행장의 진실성을 깍아내리기도 하고, 왕조실록에 대해서도 "편집하기는 실록 역시 마찬가지여서" "득세한 세력의 입맛에 따라 어느 정도의 사실조작은 가능"한 것이라며 왕조의 공식기록문서를 한껏 조롱한다. 이런 방식을 통해서 작가는 공식문서라는 실제 기록조차, 기록자의 욕망에 따라 사실이 은폐되고 조작될 수 있음을 보여준다.

만구선생실기, 상소문, 조선왕조실록이 조작된 텍스트라면 무엇이 남게 되는가? 결국 소설 『인간의 힘』이 믿을 만한 텍스트로 남게 된다. 『인간의 힘』을 통해 작가는 채동구의 시대착오적 고집스러움과 어리석음을 풍자하려 한 것일까, 아니면 어리석지만 신념을 지킨 인물을 옹호하려 한 것일까? 작가의 태도는 풍자보다는 옹호 쪽에 기울어 있는 듯하다. 외부 액자에서 작가의 분신인 '나'가 채동구에게 강한 동류의식을 느낀다는 점을 상기하면 작가가 동구를 긍정적으로 보고 있는 것은 분명하다. 소설이 마무리되는 부분을 자세히 들여다 보자.

> "어르신께서는 이, 문경공인가요, 이 어른이 왜 이런 일을 했다고 생각하시는지요? 저 잠깐 연보를 봤는데, 그게 참 궁금한데요."
> (…중략…)
> 그때 외숙이 말했다.
> "나도 수없이 생각해봤네만 아직 모르겠네. 내가 지금 왜 이 일을 하고 있는지도 모르는데, 그 어른의 일생을 내가 어떻게 알겠나."
> 나는 중얼거렸다. 왜 그 일을 했는지 알게 되는 순간 일이 끝나는지도 모른다. 자신의 모든 것을 알게 되는 순간 일생이 끝나는지도 모른다.
> "난 이 어른이 뭘 했느냐가 문제가 아니라 어떻게 했느냐가 중요하다고 생각하네. 이 어른은 초지일관해서 당신 가실 길을 가셨네. 남들이 우습다고 하고, 미쳤다고 했지만 어른은 신념을 지키셨네. 신념이 옳다 그르다가 문제가 아니라 끝까지 변함없이 그걸 지킨 것. 난 바로 그게 사람에게 중요하다고 생각하네."
>
> — 성석제, 『인간의 힘』, 문학과지성사, 2003, pp.258-259.

채동구를 긍정하기 위해서는 그가 왜 그런 일들을 벌였는지에 대한 답변이 제공되어야 한다. 인용문에서 청년이 묻고 있는 것이 바로 그것이다. 외숙은 자기 생각에 동구가 "무엇을 했느냐"보다는 "어떻게 했느냐"가 더 중요하다고 답한다. 즉 명분 없는 가출이라는 행동의 내용보다는, 명분 없는 내용을 초지일관하게 지켰다는 점에 주목해야 한다는 것이며, 바로 그 점에서 동구의 삶은 긍정될 수 있다는 설명이다.

평론가 황종연의 지적대로 이 대화는 소설론에 대한 우회적 발언으로 보아야 할 듯하다. 청년을 독자로, 외숙을 성석제로 치환시켜 본다면, 두 사람 사이에는 "왜" 썼느냐는 질문과 "무엇을" 쓰느냐보다는 "어떻게" 쓰느냐가 중요하다는 답이 오간 것으로 볼 수 있기 때문이다. 성석제는 삶에 대한 진지한 모색이라는 소설의 엄숙하고도 진지한 임무를 스스로 포기한 소설가이다. 그는 소설가란 지식인도 교사도 사색가도 아닌, 한낱 거짓말쟁이에 불과하다고 공언한 바 있다. "무엇"에 주목하여 읽는 기존의 소설독법은 성석제 소설의 즐거운 독서를 방해한다. 왜냐하면 기존 소설의 "무엇"이 진지하고 가치있는 것이었던 데 반하여, 성석제 소설의 "무엇"은 모순적이고 어처구니없으며 무가치한 것이기 때문이다. 거짓말쟁이가 되기 원하는 소설가는 "어떻게" 쓰느냐가, 즉 재미있게 한바탕 이야기를 펼치면 그만 아니냐고 시치미를 뗀다. 소설 말미에서 내가 중얼거린 말을 패러디하면 성석제의 소설론이 이뤄진다. '왜 소설을 썼는지 알게 되는 순간

소설은 끝나는지도 모른다.'

4. 2000년대식 역사소설의 새로움

1990년대 이래로 공동체적 삶은 점점 자취를 감추어 왔다. 그런데 2002년, '밀실'로 흩어졌던 개인들이 자진해서 '광장'으로 운집하는 경이로운 사건이 발생했다. 월드컵 응원의 물결과 촛불시위가 그것이다. 자발적으로 모여든 '붉은 물결'의 광장을 보면서, 혹자는 파시즘에의 경도를 경고하기도 했고, 혹자는 대안적 주체의 탄생 가능성을 점치기도 했다. 그 가운데 2002년의 광장과 1987년의 그것을 같은 것으로 취급하는, 혹은 연속성을 강조하던 사람들의 노력은 별 설득력을 얻지 못했다. 이 둘은 서로 다른 발생적 기원을 가진 광장이고, 당연히 광장에 작동하는 대중의 무의식은 전혀 다른 것일 수밖에 없기 때문이다.

최근 역사소설의 약진이 돋보이는 원인을 이러한 사회역사적 맥락 속에서 검토해 보는 것도 가능할 것이다. 소설이 역사의 광장을 자신의 육체 안으로 끌어들이는 데에 적극성을 보이기 시작했다는 점은 분명하다. 역사소설의 등장이라는 '현상' 자체만으로 호오好惡를 논하는 것은 성급한 태도이다. 그럼에도 불구하고 자기의 내부로만 파고들던 소설이 외부의 역사, 공동체로 그 관심을 이동시킨 것은 일단 반가운 일이다. 그러나 전혀 다른 태생적 배경을 가진 2000

년대의 역사소설을 이전 역사소설의 틀에 짜 맞추어 평가하려는 태도는 무익할 것이다. 2000년대의 역사소설은 역사소설의 육체와 형식만을 빌렸을 뿐 전혀 새로운 창조물일 것이기 때문이다. 시론적으로 살펴 본 두 편의 소설을 보더라도, 이 소설들은 중도적 주인공을 통해 총체적 역사를 드러내는 루카치 식의 역사소설과는 거리가 멀다.

『검은꽃』에 드러난 역사와 국가에 대한 인식은 기존 역사소설의 그것과는 상당한 차이를 보인다. 이 소설은 근대 이행기로서의 개화기를 배경으로 하여, 국가상실의 운명에 처한 사람들의 근대와 국가에 대한 고민을 다루고 있다. 이 작품의 특징은 사람들을 국가의 외부에서, 즉 대한제국을 떠나서 국가의 문제를 고민하도록 한 점이다. 관찰의 시선을 국가에 외부에 둠으로써 국가와 민족이라는 열정을 거세시키고 객관적이고 냉철한 입장에서 국가의 문제를 검토하는 것이 가능할 수 있었다. 김영하의 『검은꽃』은 국가와 민족이 더 이상 이론의 여지 없는 당위명제로 통하기 어려움을 보여준다. 극단적으로 말한다면, 멕시코의 에네켄 농장을 떠돌아야 했던 이민자들에게 국가란 국민을 행복하게 하는데 어떤 기여도 하지 못하는 무용지물에 불과하다.

『인간의 힘』은 『검은꽃』에 비해 더 많은 역사적 사실을 다루고 있긴 하지만, 주제면에서는 역사소설의 일반적 주제를 피해 가고 있다. 임진왜란에서 병자호란까지 이어지는 민족수난을 역사적 배경으로 하고 있지만, 신산한 삶을 살아가야 하는 민중의 수난에 초점을 맞추고 있지 않다. 그렇다고 무력한 왕권이나 국가를 비판하고 있는 것도 아니다. 주인공 채동구는 어떤 면에서 역사의식이 부재한 인물이다. 격변기의 변화양상을 포착하는 눈을 갖지도 못했고, 난세를 구해내지도 못했으며, 시대착오적 명분에 집착하는 양반에 불과하다. 역사의식의 부재라는 채동구의 문제점은 작가 성석제에 대한 비판으로 그대로 이어질 성질의 것이다. 그래서 작가는『인간의 힘』이 역사소설로 불리는 데 대해 심리적 부담을 표현했을 것이다. 소설에 등장하는 실제의 역사는 한 인물의 좌충우돌을 때로 희극적으로, 때로 비극적으로 만들어 주는 배경 이상의 의미를 갖지 못한다.

용서, 기억, 그리고 영화[21)]

— 기독교적 관점으로 영화 읽기

1. 우리는 어떻게 용서에 이를 수 있을까: 이창동 〈시〉

쉬운 주기도문, 그러나 불편한 구절

제자들이 '우리가 어떻게 기도해야 할까요?'라고 묻자, 스승인 예수께서 현재 우리에게 '주기도문'이라고 알려져 있는 기도를 가르쳐 주신다. '하늘에 계신 우리 아버지여'라고 시작되는 이 기도문은 결코 어렵지 않다. 그런데 매번 기계적으로 이 기도문을 외우다가 문득, 한 부분에서 멈칫할 때가 있다. "우리가 우리에게 잘못한

21) 서울기독교영화제 영화비평 수상작(〈우리는 어떻게 용서에 이를 수 있을까〉)과 종합문예지 『문학청춘』, 문화선교원 『오늘』에 연재했던 영화평을 수정하여 여기에 실었다.

사람을 용서하여 준 것 같이 우리 죄를 용서하여 주옵시고forgive us our debts, as we also have forgiven our debtors"라는 다섯 번째 간구 부분이다. 이 부분이 의아스러운 까닭은 그 전반절과 후반절의 인과관계가 잘못된 것처럼 보이기 때문이다. 신학적 관점에서 볼 때, 선행되어야 하는 것은 하나님의 용서이고 그에 대한 후속적인 행위로 우리가 다른 사람을 용서하는 행위가 뒤따라야 자연스럽다. 그런데 'as'라는 접속사는 우리 인간이 다른 사람을 용서하는 행위가 선행되어야 한다는, 그래서 우리 행위의 결과로 하나님의 용서가 가능해진다는 인상을 준다. 하지만 완료시제로 표현된 "우리가 우리에게 잘못한 사람을 용서하여 준 것 같이"라는 구절은 우리의 용서행위가 선행되었음을 입증하는 것이 아니라, 다른 사람을 용서해야 하는 당위와 의무가 크리스천인 우리에게 존재한다는 사실을 역설하는 것으로 보아야 할 듯하다.

그런데 주기도문을 암송할 때 매번 이 구절이 불편한 이유가 논리의 애매성에만 있는 것일까? 우리가 우리에게 잘못한 사람을 용서할 수 없다는 현실적 조건이 이 구절이 불편하게 다가오는 진짜 이유는 아닐까? 성경은 크리스천인 우리에게 용서의 의무가 있다고 말한다. 마태복음의 기자는 빚debt이라는 비유로 죄를 표현하는데, 부채라는 경제적 용어는 하나님과 우리, 우리와 다른 사람의 채무관계를 선명하게 드러내주는 역할을 한다. '일만 달란트 빚진 자와 백 데나리온 빚진 자'의 비유가 대표적이다. 이 비유가 등장한 것은 수 제자 베드로의 질문 때문이다. 베드로는 이렇게 질문한다. '형제가 나에게 죄를 범하면 몇 번을 용서해야 하는가', '일곱 번 용서하면 되겠는가'라고. 이에 대한 예수님의 대답은 "일곱 번뿐만 아니라 일곱 번을 일흔 번까지라도 할지니라"는 것이다.

이 말씀에 뒤이어 등장한 것이 우리에게 잘 알려진 다음과 같은 비유이다. 어떤 왕에게 일만 달란트를 빚진 종이 있었는데 갚지 않자 그는 왕에게 잡혀온다. 어떻게든 갚겠다고 빌자 왕은 그를 불쌍히 여겨 빚을 탕감해준다. 문제적인 상황은 종이 빚을 탕감받고 돌아가던 길에서 발생한다. 자기에게 백 데나리온 빚진 동료를 만난 것이다. 그러자 종은 친구의 목을 잡고 빚을 갚으라고 요구하며 동료를 옥에 가두었던 것이다. 1데나리온이 노동자의 하루 임금이고 1달란트가 노동자의 6,000일치 임금에 해당하는 것임을 상기한다면, 그가 왕에게 졌던 빚과 비교해서 그 친구가 그에게 갚아야 하는 부채가 얼마나 사소한 것인지를 알 수 있다. 일만 달란트라는 엄청난 빚은 인간의 죄가 얼마나 어마어마한 것인지, 또한 하나님의 용서하심이 얼마나 놀라운 것인지를 잘 보여준다. 우리가 엄청난 빚을 탕감받은 존재임에도 불구하고, 즉 용서받지 못할 죄를 용서받았음에도 불구하고, 우리가 형제의 작은 죄를 용서하는 데조차 인색하다는 사실을 이 비유는 역설하고 있다. 이 비유의 마지막에 덧붙여지는 예수님의 매서운 말씀은 다음과 같다. "너희가 각각 마음으로부터 형제를 용서하지 아니하면 나의 하늘 아버지께서도 너희

에게 이와 같이 하시리라"(마태복음 18장 35절)

죄에 대한 세 가지 대응

신학적 입장에서 이와 같이 용서가 당위로서 설정된다고 해서 그것이 즉각적인 실천으로 연결될 수 있는 것은 아니다. 어떤 죄를 용서해야 하는가, 누구를 용서해야 하는가, 누구를 위한 용서인가 등등의 문제가 연달아 제기되기 때문이다. 예컨대 극악한 범죄자에 의해 내 가족이 희생되었더라도 용서해야 하는가, 유태인학살이나 5월 광주와 같은 대참상을 일으킨 장본인도 용서해야 하는가라는 질문이 발생한다. 딜레마적 상황에서 용서의 당위성만을 내세우게 될 때, 용서의 윤리는 예기치 않게 가해자의 권력과 공모하는 결과를 낳을 수 있다. 즉 '용서하라'는 윤리적 계명이 피해자에게 어떤 위안이나 위로도 제공하지 못한 채 가해자의 부채를 덜어주는 논리로 타락해 버리게 된다는 것이다. 〈박하사탕〉, 〈밀양〉 그리고 〈시〉에서 이창동 감독은 지속적으로 죄와 용서, 그리고 책임의 문제에 대해 진지한 고민들을 던진다. 영화 〈시〉가 제기하는 의문은 '과연 어떻게 용서받아야 하는 것일까'라는 문장으로 요약될 수 있을 듯하며, 그런 점에서 〈시〉는 앞선 영화 〈박하사탕〉, 〈밀양〉과 공명하는 바가 있다. 〈밀양〉이 용서의 문제를 피해자의 입장에서 조명했다면, 〈시〉는 가해자의 입장에서 추적한다. 전자가 '용서할 수 있을까'라는 문제에 천착한다면, 후자는 '용서받을 수 있을까'라는 질문에 집중한다. 용서와 책임의 도정에 초점을 맞추어 영화 〈시〉를 들여다보자.

이 영화는 집단강간을 저지른 손자를 둔 할머니의 행동을 통해 무엇이 진정한 용서받음인지, 용서받음의 전제조건이 무엇인지에 대한 인간학적(나아가 신학적) 성찰을 보여준다. 이 영화에서 죄를 둘러싼 인물들의 대응양상은 대략 세 가지 정도로 추려진다. 첫째, 가해자의 아버지들인 남성인물들의 방식이다. 그들은 죄를 명백하게, 그러나 너무 손쉽게 인정하는 사람들이다. 아들들의 범죄를 무마하기 위해 모인 아버지들은 자기 아들의 죄를 인정하며 손을 높이 치켜든다. 그런데 "그게 제 아이입니다."라는 정직한 고백은 결코 관객의 연민을 불러일으키지 않는다. 아니, 그들의 죄에 대한 고백은 뻔뻔스럽고 불쾌하게 느껴질 뿐이다. 죄에 대한 인정이 용서받음으로 나아가기 위한 첫걸음인 것은 분명하다. 하지만 고백이나 자백이 용서의 필요충분조건인 것은 아니다. 이 아버지들이 손쉽게 자기 죄를 인정한 후에 취하는 태도는 무엇인가? 그들은 자본주의의 교환논리로 죄를 탕감받으려 한다. 3,000만원의 위자료를 500만원씩 분담하는 간편한 계산법은 아버지들의 사고 속에서 피해자가 입은 상처가 돈으로 교환가능한 성질의 것임을 명시적으로 보여주는 것이며, 자기 아들의 죄의 몫이 여섯 조각 가운데 하나 정도에 지나지 않음을 반증하고 있는 것 아닐까?

두 번째 유형은 미자의 손자로 대표되는 아들들의 반응이다. 예수님께서 '이들은 자기의 죄를 알지 못하나이다'라고 탄식할 때, 그 죄를 알지 못하는 자들에 가까워 보인다는 것이다. 인간을 타인의 고통받는 얼굴과 대면하여 그 고통에 응답할 능력을 가진 존재로 정의하는 레비나스E. Levinas의 윤리학은 이 부분에서 대단히 무력해 보인다. 할머니는 손자의 양심을 깨우기 위해서인지 식탁 위에 죽은 소녀의 사진을 올려놓는다. 하지만 손자는 자기로 인해 죽음을 선택했던 소녀의 사진을 보고도 아무런 동요를 보이지 않는다. 그의 눈은 잠시 소녀의 사진 위에 머물렀다가 무심히 텔레비전 화면으로 옮겨 간다. 영화 후반부에서 손자는 결국 형사들에게 인도되는데 이 장면은 법적 처벌이 죄에 대한 사회적 대안임을 암시한다. 사회적 응징이랄 수 있는 법적 처벌은 용서의 현실적 대안이기 때문이다. 하지만 죄에 상응하는 처벌을 받는다는 것 역시 또 하나의 교환논리가 아닐까? 아버지들이 건네는 위자료와 아들들에게 부과될 처벌이 과연 피해자와 그 가족을 정말로 위로하는 방법이 될까? 하지만 〈시〉는 이 두 가지 대응이야말로 우리 사회가 죄에 대해 고안해낸 차선의 방법들이 아니었던가 반성하게 한다.

이 성숙한 사회가 허용하는 이 용서받기의 방법들이 과연 피해자의 고통을 정말 위로할 수 있는가, 상처받은 자가 정말로 요청하는 것은 무엇인가라는 질문으로 돌아가 보자. 진정한 용서가 발생하기 위해서는 피해자의 용서하기가 선행되어야 하고, 이후 가해자의 용서받기가 이루어지는 게 바른 순서이다. 그런데 갈등과 불화를 둘러싼 현실적 문제들의 핵심은 가해자가 너무 쉽게 용서된다는 것이다. 즉 피해자는 자신의 상처를 잊지 못하고 괴로워하는 데 반해, 가해자는 너무나 쉽게 자신의 행위를 잊는다. 그렇다면 왜 가해자는 쉽게 자신의 죄를 망각하는 것일까? 근원적으로 보자면 그것은 우리에게 타인의 고통에 대한 공감능력이 결핍되어 있기 때문이다. 그런 점에서 볼 때 〈시〉에 등장하는 양미자라는 인물은 우리가 진정으로 용서받기 위해서 어떻게 해야 하는지를, 즉 죄에 대한 세 번째 대응방식을 시사한다. 시를 쓰려고 끙끙대던 할머니는 결국 비를 맞고 자신이 간병인으로 일하던 집에 찾아간다. 왜 할머니는 늙은 남성의 추한 성욕을 수용하기로 결정한 것일까? 할머니의 선택은 소녀가 또래 남자 아이들의 욕망 앞에서 느꼈던 좌절과 수치를 동일하게 느끼고자 하는 의도에서 비롯된 것으로 보인다. 그리고 이 '함께—느낌'이라는 '동감 능력'이야말로 다른 인물들에게 결핍되었던 능력일 것이고, 영화 〈시〉가 암시하는 용서받기에 이르기 위한 새로운 방법인 듯하다. 물론 이 방법이 그렇게 쉽지만은 않을 것이다. 영화 속에서 젊은 시인의 "시는 죽었다"는 한탄처럼, 지금은 타인의 고통을 나의 것으로 함께 느끼는 공감 능력이 불가능한 시대처럼 보인다. 하지만 소녀의 고통을 추적하고 함께 느끼고자 하는 할머니의 여정은, 영화의 마지막 시낭송에서 불가능한 지점을 깨뜨리며 용서가 완성될 가능성을 개시해 준다. 즉 시를 읽는 목소리가 할머니의 것에서 소녀의 것으로 바뀌면서, 즉 '아네스의 노래'가 두 사람의 노래인 동시에 한 사람의 노래가 되면서, 타인의 고통에 대한 진정한 이해, 진정한 용서가 완성됨(그리고 완성될 수 있음)을 감동적으로 제시한다.

세 가지 기억 상실증

이 영화에는 다소 의아스러운 장면이 등장한다. 치매진단을 받고 병원을 나서던 할머니가 소녀의 어머니와 스쳐가는 장면이다. 갑작스런 딸의 자살 앞에 망연자실한 소녀의 어머니를 보면서 할머니는 왜 그렇게 충격을 받았던 것일까? 아직 소녀의 죽음이 자신의 손자와 연루되어 있다는 사실을 알기 전인데도 말이다. 이 장면의 의미를 해명하기 위해 이 영화에 세 가지 기억상실증이 등장하고 있다는 점에 주목할 필요가 있다. 치매로 인한 기억상실증, 유아기 기억상실증, 그리고 집단기억상실증이 그것이다. 첫 번째는 할머니에게 시작된 치매로 인한 기억상실증이다. 알츠하이머로 인한 기억상실증은 중요한 단어(명사)부터 잊기 시작한다는 특성을 보이는데, 이것은 유아기 기억상실증과 유사하다. 정신분석가인 프로이트S. Freud의 이론에 의하면, 최초의 기억은 보통 두 살에서 다섯 살 때의 기억으로 올라간다고 한다. 그리고 최초의 기억은 이미지의 형태로 선명하게 떠오르긴 하지만, 사실 상당히 부정확하고 불완전하다고 한다. 가령, 충격을 주었던 할머니의 죽음 대신 그때 보았던 식탁 위의 컵의 이미지가 기억되는 식이다. 즉 중요하고 핵심적인 사항 대신 부차적이고 사소한 것이 기억되는 것인데, 그런 점에서 최초의 기억은 중요한 무엇을 감추고 있는 동시에 불확실하게나마 그것을 지시하고 있다는 점에서 중요하다. 그런 점에서 중요한 것부터 망각하기 시작하여 부차적인 것만 남기는 치매와, 중요한 사항을 잊어버리고 부차적인 인상들만 간직하는 최초 기억은 서로 닮아 있다고 할 수 있다.

시창작 강의를 듣던 할머니는 '가장 아름다운 순간'을 말해보라는 시인의 주문에 조금 생뚱맞게 자신의 최초의 기억을 털어 놓는다. 할머니가 말한 최초의 기억은 다섯 살 때의 기억인데, 커튼이 처진 방에 햇살이 비치고 거기서 언니가 자기를 애타게 불렀다는 것이다. 할머니는 나이는 66세이므로 최초 기억이 만들어진 다섯 살은 1950년이나 1951년, 즉 한국전쟁 당시이다. 프로이트가 역설한 최초 기억의 중요성을 상기한다면 할머니의 최초 기억에는 상당히 중요한 사항이 숨겨져 있다고 추측할 수 있다. 반쯤은 커튼으로 가려지고 햇살이 들던 그 방(이 방은 나중에 할머니가 기웃거리던 과학실, 소년들의 범행장소였던 그 과학실을 떠올리게 한다)에서 다섯 살 그녀는 과연 무엇을 보았던 것일까? 유년기의 최초 기억이 감당할 수 없는 체험과 관련됨을 상기하면, 우리는 할머니가 전쟁 당시 횡행했던 집단강간, 혹은 언니로 대표되는 어떤 여성의 죽음을 본 것이 아닐까 추측해 볼 수 있다. 즉 병원을 나서던 할머니가 목격하는 장면—신발을 벗고 넋이 나간 어머니, 그리고 신발을 들고 울며 따라가는 어린아이—이 자신의 유년기 기억을 자극하여 떠오르게 했기 때문에 그렇게 놀랐던 것은 아닐까 짐작해 보게 된다. 그리고 병원에서 할머니가 뚫어지게 응시하던 텔레비전 속 장면 역시 할머니의 최초 기억을 자극했을 것이라고 가정해 볼 수 있다. 텔레비전의 화면을 채우고 있던 것 역시 이라크 전쟁으로 자식을 잃은 어머니의 울부짖음이었기 때문이다. 망각은 개인의 정체성을 위협하는 기제이고, 그래서 위기에 대한 반응으로 자아는 억압된 중요한 기억을 되살리는 반응을 한다. 이렇게 볼 때 다른 인물과 달리 신산한 삶을 살았던, 그리고 치매로 정체성의 위기에 처한 양미자 할머니만이 타인의 고통과 공감할 수 있었던 것은 당연한 결과라고 할 수 있다. 왜냐하면 할머니의 잊혀진 기억들이 여러 자극에 의해 되살아 나면서, 할머니는 소녀의 고통이 타인의 것이 아니라 결국 나의 것(나아가 우리의 것)이라는 사실을 의식적으로든 무의식적으로든 알게 되었기 때문이다.

그리고 이 영화에서 간과할 수 없는 것은 세 번째 기억상실증인 집단기억상실증이다. 물론 이창동 감독은 집단기억상실증과 관련한 집단범죄의 문제를 영화의 전면에 배치하지는 않았다. 하지만 소녀를 죽음으로 몰아넣은 것이 개별적 범죄가 아닌 집단범죄로 설정되었다는 것은 적잖은 중요성을 갖는다. 앞에서 피해자의 고통은 여전한데 가해자는 너무나 쉽게 잊는다고 말했는데, 그 최악의 상황은 집단범죄에 대한 집단기억상실증에서 자주 발견된다. 개인적 망각보다 집단망각이 더 빈번히 일어나는 이유는 집단범죄에서는 죄의 책임이 모호한 경우가 대부분이기 때문이다. 여섯 명의 사내아이들이 법정에 서게 된다면 그들은 무엇이라고 말할까? 그들은 자신의 죄가 1/6보다는 훨씬 작다가 주장하지 않을까? 죄는 최초로 강간한 아이에게 있다고, 과학실 열쇠를 갖고 있던 아이의 죄가 더 크다고 말하지 않을까? 극단적이고도 합법적인 집단범죄의 실례는 전쟁이며, 그래서 전쟁에서의 책임 소재는 더더욱 가려지기가 어렵다. 군대조직의 명령에 따라 총을 쏠 수밖에 없었던 개별자에게 죄의 유무를 가리기가 쉽지 않기 때문이다. 그래서 누구도 책임질 수 없는, 모두가 죄인인 상황에서 공동체는 집단망각이라는 무의식적 합의에 도달하곤 한다.

이창동 감독은 죄와 용서의 문제에 천착하면서 죄 지은 자가 처벌받아 마땅하다는 경직된 도덕률을 들이대지는 않는다. 개인 대 개인, 개인 대 사회, 피해자와 가해자 등의 여러 변수들이 개입할 때 죄와 처벌, 죄와 용서의 문제가 그렇게 간단하지 않다는 사실을 알기 때문일 것이다. 그는 앞서 선보인 영화들에서 광주라는 집단범죄의 가해자이자 피해자인 주인공의 죄의식과 고통을(〈박하사탕〉), 절대적 신 앞에서의 용서의 문제를(〈밀양〉), 그리고 이번 영화에서는 진정한 용서에 다다르기 위한 지난한 행로를 보여주며, 우리가 왜

다른 사람의 잘못을 용서해야 하는지, 우리는 어떻게 용서받을 수 있는지에 대해 진지하게 묻는다. 그리고 이 물음은 사회학적인 질문으로 그치지 말고 크리스천에게 반향하는 큰 울림이 되었으면 좋겠다. 왜냐하면 용서의 문제에 가장 민감하게 반응하고 사유해야 하는 사람들은, 용서받을 수 없는 죄를 용서받아 용서의 당위를 십자가처럼 짊어지고 있는 바로 크리스천일 것이기 때문이다. 이 영화들과 함께 진지하게 죄와 용서의 문제에 대해 고민하고 반성해 보았으면 좋겠다.

2. 용서하지 않는 자, 잊지 못한다: 송일곤 〈거미숲〉

무의식의 공간 '거미숲'

〈거미숲〉은 그로테스한 거미숲을 주된 배경으로 한다. 주인공이 자기 자신을 관찰하는 장면이 예사롭게 등장하고, 시간의 앞뒤도 엉크러져 있어서 이야기의 인과를 재구성하려는 관객을 당혹스럽게 한다. 현실과 환상의 경계가 모호하다는 것도 논리적인 관객을 애먹이는 부분이다. 영화의 사실적인 부분만을 먼저 설명하면 이렇다. 주인공 강민은 〈미스터리 극장〉의 PD이다. 사랑하던 아내가 비행기 사고로 죽은 이후 그는 무기력한 삶을 살아가고, 직장에서는 최국장에게 무능한 인간이는 노골적인 경멸을 당한다. 최국장은 방송사고를 낼 뻔한 강민에게 다음 개편에서 빼겠다는 통고를 하고 취재를 다녀오라고 한다. 직장 동료 황수영에게 청혼을 하지만 그녀에게는 며칠 기다려 달라고 답이 오고, 그는 유령이 나온다는 거미숲에 관한 제보를 받고 취재를 떠난다.

제보자인 〈희망사진관〉 주인 민수인을 만나서 거미숲의 전설을 듣게 되는 부분부터는 현실과 환상의 경계가 모호하다. 나중에 이 사진관이 강민의 아버지가 경영하던 사진관이었던 것이 밝혀지고 민수인이라는 인물 역시 현실에 존재하지 않는 인물로 판명되기 때문이다. 어쨌든 그는 사진관에서 나와 어떤 남자에게 애인 황수영이 다른 남자를 만나기 위해 별장으로 가고 있다는 말을 듣게 된다. 호기심을 이기지 못한 그는 황수영을 뒤쫓아 별장으로 간다. 주저하던 그가 별장으로 들어갔을 때 이미 황수영과 최국장은 죽어가고 있었다. 그는 한 사내의 기척을 느끼고 추적하지만 둔기에 맞아 정신을 잃었다가 깨어나서 근처 터널에서 교통사고를 당해 혼수상태에 빠진다. 깨어난 그는 친구인 형사 상현을 불러 거미숲에 두 사람의 시체가 있으니 조사하라고 부탁한다. 거미숲의 별장에는 상사인 최국장과 애인 황수영의 시체가 발견되고, 두 사람이 내연의 관계로 추정되며 강민은 유력한 살인용의자로 지목된다. 하지만 강민은 자신이 살인자가 아니며 누군가가 집요하게 전화를 해와서 별장으로 가게 된 것이며, 거기에서 낫에 찔려있는 최국장과 황수영을 발견했다고 말한다.

관객은 여러 가지 정황으로 미루어 볼 때, 황수영과 최국장을 죽인 것이 강민이라고 생각하게 된다. 하지만 문제적인 것은 강민이 결코 자신의 죄를 인정하지 않는다는 것이다. 그의 말에 의하면 누군가가 이미 두 사람을 죽였고 그 살인자에게 자신도 상해를 입은 것이다. 그의 말을 진실로 받아들이면서도 그가 살인을 했다는 상반되는 두 가설이 공존할 방법은 없을까? 방법은 그가 기억상실증에 걸렸다는 것이다. 즉 강민은 황수영과 최국장을 죽였지만 그 사실을 망각했기 때문에, 자신이 살인을 하지 않았다는 그의 주장은 진실성을 얻게 된다. 이 가설에서도 문제는 발생한다. 그가 보았다는 살인자는 무엇인가? 자기 자신이 살인자이기 때문에 다른 살인자를 본다는 것은 논리적으로 불가능한 일이다. 이 주장이 타당성을 얻기 위해서는 그의 자아가 분열되었다고 가정하는 수밖에 없다. 쉽게 말하면, 살인을 목격하는 자아가 살인자인 자아를 관찰하는 것이다.

물론 정상적인 사람들도 가벼운 자아 분열을 경험하곤 한다. 가령, 우리가 하지 말아야 할 어떤 수치스런 행동을 하고 있을 때를 가정해 보자. 누군가에게 들킬까봐 조바심을 내면서, 우리는 또다른 나의 눈으로 나의 행위와 의식을 관찰한다. 하지만 이 가벼운 분열이 일상인의 현실에서 극단으로 치닫지는 않는다. 왜냐하면 평범한 사람들은 이것이 일시적인 착란이지 나를 관찰하는 또다른 내가 있다고 진짜 믿지는 않기 때문이다. 자아가 분열된 진짜 정신병자의 경우라면, 자기 자신을 관찰하는 또다른 자신의 존재를 정말 믿을 것이다. 물론 그 경우 또다른 나로 인지되고 통합되는 것이 아니라, 나와는 다른 인격으로 인식될 것이다.

〈거미숲〉의 그로테스크한 공간은 무의식의 내면 풍경일 것이다. 하지만 강민이 이 풍경이 자신의 무의식적 환상이라는 사실을 알지 못하고, 그것을 정말 확실한 현실로 받아들인다는 점에서 그는 정신병자이다. 억압된 무의식을 표상하는 공간인 만큼 거미숲의 풍경은 우리의 불안과 공포를 유발해낸다. 그런데 영화의 거미숲 장면에서 우리가 시종일관 불안과 공포를 느끼는 이유는, '뒷모습'과 '엿보기/엿보임'의 반복된 이미지 때문인 듯하다. 오프닝 장면에서부터 감독은 한 여자의 뒷모습을 오래 보여준다. 죽은 아내인 은아, 사진관 여주인 민수인, 현재 애인인 황수영, 어린 시절의 여자아이와 남자아이, 그리고 강민의 뒷모습도 자주 잡힌다. 뒷모습이 보일 수 있다는 것은 (엿)보고 있는 다른 사람이 존재한다는 것을 전제로 한다. 그렇다면 보는 자는 누구이고 보이는 자는 누구일까? 이 영화에서는 '보는 자—주체', '보이는 자—대상(타자)'라는 흔한 공식이 들어맞지 않는다. 어두운 숲이 만들어내는 음산한 소리는 누군가 자신을 보고 있다는 불안을 만들어내고, 이 불안이 체감될 때마다 보는 자와 보이는 자의 위치가 역전되기 때문이다. 즉 영화는 보는 자와 보이는 자의 위치가 확고부동한 것이 아님을 입증한다. 주체의 확실성을 뒤흔들고, 그래서 불안과 공포를 느끼게 하는 이 뒷모습들!

강민이 자신이 목격한 사람, 즉 살인범이라고 주장하는 사람은 사실 자기 자신이다. 하지만 그는 무의식의 공간인 거미숲에서 자아분열을 경험한 것이기 때문에, 그 살인범이 자기 자신이라는 것을 알지 못한다. 즉 얼굴을 확인하지 못한 채 강민이 좇고 있는 사람은 강민의 또 다른 자아라고 설명할 수 있다. 타인으로서의 타자가 아니라, 내 안의 타자이다. 내가 알지 못하는 타자, 즉 바로 무의식을 의미한다. 그러므로 이 영화는 자신이 알지도(기억하지도) 못하는 자기 자신, 자기의 무의식에 관한 이야기라고 할 수 있다. 물론 강민이 잃어버린 것은 자신이 최국장과 황수영을 살해했다는 사실뿐만이 아니다. 그는 어린 시절 어머니의 죽음과 관련한 기억도, 그 어머니를 죽음에 이르게 한 아버지에 관한 기억도 상실한 인물이다. '어떤(혹은 모든) 기억을 잃게 된다면?'이라는 공식이 〈거미숲〉에 도입되어 만들어내는 풍경은 고통스럽고 그로테스크하다. 〈거미숲〉의 강민은 과거의 기억과 현재의 일부 기억을 망각했는데, 그 시공간에 존재하던 자아들이 사라지지 않고 유령처럼 떠돌다가 지금의 자아와 조우하는 것이다. 그들의 외양과 옷차림만이 그들의 동일성을 증명해줄 뿐 서로의 자아는 서로가 타인처럼 낯설다.

망각된 것을 찾아가는 지난한 행로

〈거미숲〉에서 살인은 최소한 세 번 발생하며 그 죽음이 매번 아버지와 관련된다는 것이다. 첫째, 황수영과 최국장의 죽음이 가장 가까운 살인이다. 강민의 기억이 왔다갔다 하긴 하지만 결국 둘을 죽인 것은 강민이다. 살해의 표면적인 이유는 황수영의 부정한 행위이다. 둘을 살해한 강민은, 그런데 왜 자신이 범죄한 사실을 잊게 된 걸까? 억압이 있어야만 망각이 발생하는데, 둘을 죽인 죄의식이 그렇게까지 컸다고 보기는 어렵다.

두 번째 살인사건은 시간적으로 가장 멀리 있는 민수인의 죽음이다. 이 죽음에 대해 이야기를 해준 사람은 방송사로 제보를 해온 〈희망사진관〉의 주인이다. 전학을 온 남자아이는 여자아이를 따라 거미숲에 있는 집에 갔다가 여자애 어머니의 정사장면을 엿보게 된다. 여자아이의 아버지는 아내를 살해하고, 남자아이는 열병을 앓고 이전의 기억을 잃게 되었다고 한다. 그런데 남자아이는 왜 기억을 잃었던 걸까? “눈을 뜨지마, 귀를 막아”라는 여자아이의 말은 어머니의 정사장면이 억압되어야 할 성질의 것임을 암시하며, 정사 바로 다음에 이어지는 아버지의 살인은 남자아이에게 성공적인 억압이 이루어졌음을 보여준다고 하겠다. 하지만 영화 후반부의 믿을 만한 증언(초등학교 교사)은 두 번째 살인 사건이 왜곡된 것임을 알려준다. 거미숲에서의 살인은 없었고, 바람을 피웠던 것은 민수인의 어머니가 아니라 강민의 어머니였다고 한다.

세 번째의 살해는 아내의 죽음과 관련된다. 물론 아내가 비행기 추락사고로 죽었기 때문에 살인이라고 말하기 어려운 측면이 있지만, 이 죽음에서도 아버지의 흔적은 나타난다. 아내와 동행하기로

한 강민의 계획이 어긋난 것은 최국장(영화에서 두드러지게 강조되듯이, 그는 억압적이고 난폭한 아버지의 표상이다)의 호출 때문이었다. 그러므로 아내를 죽게 한 것, 최소한 강민이 아내와 함께 죽지 못하게 한 책임은 최국장에게 있다. 이렇게 세 개의 살인사건은 사랑하는 여자가 죽고 강민이 버려지는 이야기의 반복이다. 그리고 직간접적인 책임은 아버지에게 있다. 프로이트 식으로 말하면, 이 세 개의 살인사건이 증상인 것인데, 이 증상 뒤에 숨은 억압된 기억은 무엇일까?

억압된 기억은 어머니와 관련되어 있다. 프로이트 식으로 말하면 어머니에 대한 욕망이 억압되어 있다고 하겠다. 아내, 수인, 수영은 모두 어머니의 대리표상들로 볼 수 있기 때문이다. 강민은 반복적으로 어머니를 아버지에게 빼앗긴다. 그렇다면 영화에서 강민에게 동일한 것을 반복하게 하는 힘은 아버지이고, 그의 최종 목적은 그것으로부터 벗어나는 것이다. 강민은 거의 모든 기억이 회복하는 시점에서 수인에게 이렇게 말한다. "용서받고 싶은데…… 내가 너무 늦었지? 다시 시작하려고 했는데……"라고. 과연 그는 누구에게 용서받고 싶었던 걸까? 자신이 구해내지 못한 어머니에게서 용서받고 싶은 것일까, 자신이 죽인 아버지에게 용서받고 싶은 것일까? 답을 내기에 애매한 바가 많지만, 강민은 어머니에게 용서받고 싶었던 것이 아닐까 싶다. 어머니의 대리표상인 여인들은 늘 무고한 여자들로 비쳐진다(최국장과 내연의 관계였던 황수영조차 자발적으로 최국장을 만났던 것은 아닌 듯하며, 죽어가는 황수영에 대한 강민의 태도 역시 증오라기보다는 연민에 가까워 보인다). 그렇다면 강민의 죄의식은 아버지로부터 어머니를 구해내지 못한 자신의 무력함, 혹은 자신의 욕망이 어머니를 죽음으로 몰아넣었다는 죄책감에서 비롯되었다고 볼 수 있다. 하여, 죄의식에서 벗어나기 위해, 어머니를 대신하여 복수하기 위해, 강민은 상징적인 아버지 최국장을 죽였던 것은 아닐까 생각된다. 강민의 또 다른 자아가 분명한 전화의 목소리는 말한다. "너무 오랫동안 침묵해 왔어. 분노를 터뜨릴 때가 왔어"라고. 그 목소리의 주문에 따라 강민은 아버지와 동일시될 만한 인물인 최국장을 잔인하게 죽인다. 하지만 그 살인으로 인해 강민의 죄는 정말 사면된 것일까? 그건 이미 한발 늦은 복수가 아닐는지. 왜냐하면 진짜 아버지는 이미 1년 전에 죽었으므로.

진짜 용서는 아버지 살해로 성취되는 게 아닐 듯하다. 용서는 망각된 것을 기억해내는 데서 출발한다. 구원자처럼 형상화된 민수인은 강민이 억압된 무의식의 숲에서 벗어날 길을 제시해준다. 동굴을 지나 문을 열면 강민이 찾고 있는 사람이 있을 거라고. 터널에서의 두 자아의 대면은 강민의 기억이 가까스로 회복됨을 보여준다. 그들이 서로의 얼굴을 알아볼 수 있었던 까닭은, 죄가 자신에게 있다는 사실, 살인자는 자기 자신이라는 진실을 인정했기 때문일 듯하다. 하지만 망각의 회복이 행복한 결말을 낳을 것이라고 전망하기는 어려울 듯하다.

3. 인간 악惡에 대한 하나의 보고서: 나카시마 테츠야 〈고백〉

'인간은 왜 악惡한가?'

영화 〈고백〉을 보며 내 머릿속에서 떠나지 않았던 물음이다. 파렴치한 악한이 아닌 평범하고 연약해 보이는 인간들이 벌이는 악행이어서 더욱 이 질문이 떠나지 않았던 듯하다. 유코는 중학교 1학년을 맡았던 교사이다. 싱글맘인 유코는 얼마 전 사고로 어린 딸을 잃었다. 종업식에서 유코는 자신이 학교를 그만 두게 되었다고 말한다. 그리고 학생들에게 충격적인 이야기를 시작한다. 딸이 자신의 반 학생들에 의해 살해되었다는 것이다. 두 살인자를 A와 B로 지칭하며 사건의 경위를 추론해 가는 유코의 모습에는 흐트러짐이라곤 전혀 없다. 자식의 죽음 앞에 슬픔을 참지 못하는 엄마로서의 격정 같은 것이 없다는 이야기이다.

그런데 유코는 왜 학생들에게 이런 충격적인 고백을 한 걸까? 그녀의 설명은 이렇다. 담임 선생인 자신에게는 학생들(두 살인자를 포함한)을 바른 길로 이끌 책임이 있다. 즉 두 사람이 죄를 인정하고 생명의 소중함을 느끼도록 하고 싶다는 것이다. 물론 경찰에 고발하는 방법도 있지만 그것은 최선이 되지 못한다. 왜냐하면 청소년 보호법에 의해 두 아이는 처벌되지 않고 무죄 방면될 게 뻔하기 때문이다. 그래서 유코는 그녀가 고안한 방법대로 두 학생을 벌주겠다고 말한다. 그 방법이란 두 아이가 마시는 우유의 HIV바이러스에 감염된 사람의 피를 넣은 것이다. AIDS에 감염될 수도 있다는 불안과 공포를 견디며 두 아이가 생명의 소중함과 죄의 무게를 배우길 바란다는 것이다.

생명에 대한 경외심을 배우라는 처방치고는 상당히 잔인한 감이 없지 않다. 게다가 이 방법은 두 아이 중 한 이이에게만 효과가 있었다. 이 소년은 재능도 없고 또래와 어울리지도 못하던 아이였다. 이 아이는 다른 아이의 부추김에 의해, 자신에게 냉담한 담임에 대한 미움으로, 얼떨결에 담임 딸을 수영장에 던져 죽게 한 것이다. 유코의 바람대로 아이는 '죄의 무게'를 절감하게 된다. 아니, 결국 죄의 무게에 짓눌려 자기 어머니를 죽이고 착란상태에 빠지게 된다. 그런데 살인을 주도적으로 계획했던 또 다른 아이에게는 유코의 처방이 전혀 먹혀들지 않는다. 비상한 재능을 가진 이 아이는 피 섞인 우유따위에 코방귀도 뀌지 않고 더 많은 사람을 죽일 범죄를 계획한다.

아이들로 하여금 생명의 소중함을 배우도록 하겠다는 유코의 계획은 최종적으로는 달성된다. 그런데 이 목적의 달성 여부보다 중요한 것은 이 아이들로 하여금 죄를 짓게 한 동인動因이 무엇일까라는 점일 듯하다. 자세히 들여다보면 아이들에게는 저마다의 상처가 있다. 한 아이는 또래집단에 적응하지 못하던 왕따이다. 재능이 뛰어난 아이에게는 엄마에게 버림받았다는 상처가 있다. 행정적으로

만 일을 처리하는 담임의 행동 역시 아이들에게는 크든 작든 상처가 된다. 아이들은 자신들이 받았던 상처를 담임에게 돌려주고, 유코는 다시 아이들에게 그것을 되갚아 주는 형국이다.

고백의 이중성

영화는 다섯 명(유코, 반장, B의 어머니, 학생A, 학생B)이 고백을 하는 형식을 취하고 있다. 마음 속의 생각을 사실대로 말하는 행위이기 때문에 고백confession은 자연스럽게 반성이나 회개와 연결되곤 한다. 그런데 흥미로운 점은 영화에서의 고백이 죄의 고백이 아니라 자기 상처에 대한 고백에 가깝다는 사실이다. 하나의 고백이 끝날 때마다, 우리는 그/ 그녀에게 어떤 상처가 있었는지, 그래서 어떤 행위를 하게 되었는지를 짐작하게 된다. 영화는 반복적으로 인물들의 모습을 도로반사경(볼록거울)에 비추어 보여주는데, 이는 이들이 털어놓는 고백의 성격을 상징적으로 보여준다. 볼록거울의 운명은 왜곡을 피할 수 없다는 데 있다. 이처럼 고백은 확대되거나 축소된 것이라는 혐의에서 자유롭지 못하다. 그러므로 고백은 늘 자기변명으로 전락할 위험을 동반하게 된다. 두 아이뿐만 아니라 유코 역시 이 위험으로부터 자유롭지 못하다. 유코가 비록 아이들을 바른 길로 인도하겠다는 명분을 내세웠지만, 그녀가 정말 원했던 것은 자신에게 고통을 안겨준 두 아이에게 그만큼의 고통을 되갚아 주는 것이지 않았을까?

두 아이의 행위는 악하다. 유코의 행위 역시 악하기는 마찬가지이다. 그리고 상처가 그들로 하여금 악을 실행하도록 부추겼다는 것도 타당한 듯하다. 하지만 상처가 악을 만들었다는 논리는 불완전할 뿐만 아니라, 또 하나의 변명으로 전락할 수 있다는 사실에 유의해야 한다. '인간은 왜 악한가'라는 처음의 질문으로 돌아가서 영화 속 인물들이 보이는 공통 특징에 주의를 기울일 필요가 있다. 그들은 타인의 고통에 지극히 무신경한 사람들이란 공통점을 갖는다. 얼마 전 딸을 잃은 담임 교사가 학교를 그만둔다고 말해도 아이들은 환호성을 지른다. 친구를 살해해서 냉장도에 넣어 놓고 거기서 태연히 음료수를 꺼내 마신다. 그 사람에게 정말 소중한 딸이나 엄마를 죽음으로 몰아가면서도 전혀 동요하지 않는다.

'민망히 여기는 마음'의 결핍

행위의 원인은 지적 능력의 결여에 있지 않다. 즉 그들에게 부족한 것은 이성이 아니라, 오히려 상상력이라고 해야겠다. 이 상황에서, 저 사람의 마음이 어떨지를 상상하는 능력 말이다. 제2차 세계대전 유대인 학살의 주범인 아돌프 아이히만의 재판과정을 취재한 한나 아렌트가 얻게 된 결론은 '악의 평범성'으로 요약된다. 사람들은 아이히만이 정신병자겠거니 짐작했지만, 아렌트의 보고에 의하면 아이히만은 지극히 평범하고 정상적인 사람이었다고 한다. 단, 그가 사유의 능력, 더 정확히 말해서 타인의 관점에서 생각할 능력을 결여한 사람이라는 점이 달랐을 뿐이라고 아렌트는 지적한다.

가난하고 병든 사람들에 대하여 예수님께서 그들을 '민망히 여기셨다'고 성경은 표현한다. '민망히 여기다'는 "filled with compassion", 즉 연민과 동정에 기반한 진정한 공감상태로 볼 수 있을 듯하다. 영화 속 인물들도, 그리고 우리들도 회복해야 할 것은 바로 이 민망히 여길 줄 아는 능력이 아닐까 싶다.

4. 그를 누가 '바보'라 부르는가: 황석호 〈행복한 울릉인〉

순수한 웃음이 선사하는 잔잔한 감동

〈행복한 울릉인〉은 울릉도에서 태어나 70년 넘는 세월을 울릉도에서 살고 있는 상호 할아버지를 주인공으로 한 다큐멘터리 영화이다. 〈행복한 울릉인〉은 모 방송국 프로그램에서 〈상호 할아버지〉란 제목으로 방영되어 시청자에게 깊은 인상을 남겼었다. 상연시간만 두 배 가까이로 늘었을 뿐 내용에서는 크게 달라진 부분이 없다. 황석호 기자는 할아버지를 배려하는 섬마을 사람들의 따뜻함과 상호 할아버지의 순수한 웃음을 관객에게도 전하고 싶어 영화를 제작했다고 한다.

카메라에 자주 잡히는 보름달이 환기하듯, 영화는 추석을 전후한 시간 동안 상호할아버지의 궤적을 좇는다. '더도 말고 덜도 말고 한가위만 같아라'는 덕담처럼 한국인에게 추석은 풍요로운 한 시절을 상징한다. 그래서인지 카메라에 잡힌 울릉도의 풍경은 상당히 넉넉해 보인다. 울릉도의 이웃들은 지적장애를 가진 74세의 할아버지를 배려하고 보살피는 데 결코 인색하지 않다. 식당 주인은 당연하다는 듯 한 끼 식사를 제공하고, 이발사 아저씨는 무료로 이발을 해준다.

그런데 흥미로운 점은 카메라가 이렇듯 선한 이웃을 부지런히 좇아가다가도, 문득 상호 할아버지의 뒷모습이나 더러운 발뒤꿈치를 비춘다는 것이다. 영화는 상호 할아버지를 보살피는 선한 이웃의 존재를 보여줄 뿐만 아니라, 그들로부터 동떨어져 있는 할아버지의 위치를 정직하게 환기해 주는 것이다. 시장 상인들이 후라이팬에 물고기와 오징어를 구워 즉석에서 술 한잔을 나누고 있는 그때, 카메라에는 그들과 어울리지 못한 채 주변을 서성이는 할아버지의 뒷모습이 잡힌다. 그래서 스크린을 가득 메운 왁자지껄하고 흥성스러운 시장의 풍경을 보면서도 관객은 왠지 모를 쓸쓸함을 느끼게 되는 것이다.

상호 할아버지가 던지는 질문

매일 저축을 하면서도 통장 잔고가 얼마인지 모르는 할아버지,

그러면서도 집 사고 결혼하는 게 소원이라며 웃어 보이는 할아버지는, 세상 기준으로 볼 때 분명 '바보'이다. 문학 속에 등장하는 바보 캐릭터에 관심이 많았던 러시아의 문예학자 미하일 바흐친은, 바보의 우둔함에는 세계를 다른 눈으로 보게 하는 지혜가 포함되어 있다고 지적했다. 상호 할아버지의 삶 역시 관객에게 세계를 새롭게 볼 깨달음을 제공한다. 즉 우리는 할아버지의 일상을 따라가다가 그가 정말 바보인가라는 의문을 갖게 되며, 또한 우리가 얼마나 똑똑하길래 그를 바보라고 부르는지 자문하게 된다.

상호 할아버지는 울릉도에서 가장 오래된 교회에 출석하는, 가장 오래된 집사님이다. 학교에 가보지 못한 터라 성경책은 펴 놓는 시늉만 한다. 할아버지가 올리는 기도는 도통 앞뒤가 맞지도 않고 엄밀히 말하면 비성경적이다. 하지만 그는 노동의 대가를 치르지 않은 한 끼 식사를 원하지 않는다. 찬 없는 한 끼 밥에도, 보잘 것 없는 간식거리 하나를 받아들고도 감사기도를 빼 먹지 않는다. 하루 몇 천원에 수입을 모아 일주일에 한 번 감사헌금 드리기도 잊지 않는다. 그의 일상을 보건대, 울릉도에서 상호 할아버지도 더 믿음 좋은 사람을 찾기는 어려워 보인다. 아니, 이 땅 어디를 둘러 보아도 마찬가지일 듯하다.

파안대소破顔大笑라는 표현이 제격인 할아버지의 얼굴을 떠올리며, 이런 저런 생각을 하게 된다. 내게 할아버지를 바보라고 부를 자격이 있을까라는 부끄러움도 있고, 할아버지의 웃음을 순진하고 해맑다고 판단하는 것도 나만의 착각이 아닐까라는 의문도 있다. 왜냐하면 상호 할아버지라고 해서 왜 고독과 쓸쓸함을 모르겠는가라는 생각이 불현 듯 들었기 때문이다.